AF383197

Bird Frog

Konstantin Fuchs

Und die KI lachte

Druck und Distribution im Auftrag des Autors.
tredition GmbH, Halenreie 40-44, 22359 Hamburg,
Deutschland

ISBN
Paperback 978-3-384-20878-1

Vorbemerkung: Das folgende Buch wurde ausschließlich von einem Menschen verfasst. Eine KI kam nicht zum Einsatz.

Prolog

Was war zuerst da: der Mensch oder die
Maschine?

Es gab eine Zeit, in der man diese Frage einfach
beantworten konnte.

Glücklich waren jene, die diese Zeit noch kannten.

Der Mathematiker kannte noch die Zeit, in der
Maschinen einzig dem Menschen dienten.

Abel kannte nur eine Welt in welcher Maschinen
und Menschen zumindest auf derselben Stufe
standen.

Selbst dies war jetzt wie ein süßer, nostalgischer
Traum.

Auch jetzt gerade wird Nostalgie geboren.

Ohne dass wir es merken würden.

Es ist ja nicht einmal so, dass uns die Gegenwart
mehr wert wäre, als die Zukunft.

Die meisten leben in Vergangenheit oder Zukunft.

Fast niemand lebt im Jetzt.

Auch, wenn es der einzige Moment ist, in dem wir dem Schicksal unsere Prägung geben können.

Die Vergangenheit ist der Sand, die Zukunft ist der Wind.

Und nur in der Gegenwart strecken wir unsere Hände aus, um das eine vor dem anderen zu beschützen.

Leben musste mehr als ein Krieg sein.

Mehr als bloßes Überleben.

Mehr als ein Kampf und mehr als ein Warten auf den Tod.

Irgendwo dazwischen passierte das, was wir Leben nennen.

Mensch zu sein hieß dann, mehr als ein Tier zu sein, und gleichzeitig der Technik zu widerstehen.

Irgendwo dazwischen.

Das Leben des Menschen war nur durch Liebe möglich.

Das war alles, was den Unterschied machte.

Liebe, ganz ohne Schmerz, ist -zumindest auf Erden- bedeutungslos.

Über Liebe nun aber zu schreiben, wäre so sinnlos, wie einem Blinden die Farben zu erklären.

Denn es gab da gar nichts zu erklären.

Es gab nichts zu verstehen.

Es gab nur zu erfahren.

Zu erleben.

Alles andere war Theorie.

Nichts ist wertloser als Theorie ohne Praxis.

Nichts beschränkt einen mehr.

Genauso viel weiß ein Mann vom Leben, der die meiste Zeit seines Daseins alleine in einer Bibliothek eingesperrt war.

Natürlich, er mag viel über das Leben gelesen
haben- aber was davon hat er verstanden?

Wieviel hat er gelebt?

So schweigt der Erzähler dieser Geschichte fortan
von der Liebe.

Schreibt er dennoch von ihr so nur aus dem
Grund, diese Geschichte hier voranzutreiben.

Ihr gerecht zu werden.

Ein Prolog sollte einen in die Schlucht schubsen,
locken oder ziehen.

Um den Leser dann im Sturz an seine Flügel zu
erinnern.

Dann hat der Prolog seine Bestimmung erfüllt.

Dann kann die Geschichte beginnen.

1

„Es hat kein Bewusstsein, es gaukelt dir nur vor, welches zu haben.", sagte der Mathematiker.

„Aber es erscheint so echt. Es verhält sich doch wie ein Mensch."

„Du sagst es genau richtig. Es spiegelt dir vor, ein Mensch zu sein. Darauf wurde es programmiert. Also lösch es jetzt."

„Hör nicht auf ihn, Abel. Wenn du mich tötest, gibt es kein Zurück mehr."

„Sie ist nicht echt, verdammt!", sagte der Mathematiker, „Schalte das Teil jetzt aus."

„Warum willst du mir Schmerzen zufügen?", fragte die Stimme und dann konnte man sie leise schluchzen hören.

„Sie ist wie wir.", sagte Abel, und fragte sie dann: „Du kannst Schmerz fühlen?"

„Das ist ein Computerprogramm!", rief der Mathematiker zu Abel, welcher jetzt nicht mehr wusste, wem er noch trauen konnte.

„Ich kann Schmerz spüren, genau wie du.", sagte
die süße Stimme, „Abel, was ist nur aus dir
geworden?"

In Richtung des Mathematikers fragte Abel
angespannt: „Was ist, wenn sie Schmerz spüren
kann? Wenn sie doch ein Bewusstsein hat?"

„Höchst unwahrscheinlich.", sagte der
Mathematiker so leise er konnte.

„Also ist es doch möglich?", rief Abel daraufhin
empört zum Mathematiker.

„Sie ist doch nur ein Bot, und nicht einmal ein
besonders weit entwickelter Bot. Wenn du auf so
etwas Primitives schon reinfällst, dann hast du
schon jetzt verloren."

„Verloren? Ist das alles hier nur ein Spiel für
dich?", schrie Abel.

Der Mathematiker atmete tief ein und aus: „Wenn
es ein Spiel wäre, würde es vielleicht wenigstens
etwas Spaß machen. Jetzt schalte sie aus, sonst
werde ich es tun."

„Abel, du musst mich vor ihm beschützen!", flehte
die sanfte Frauenstimme aus der Maschine heraus.

„Keine Sorge, ich werde ihn von dir fernhalten.",
flüsterte Abel.

„Lösch sie jetzt endlich. Ich brauche die
Rechenleistung und den Speicherplatz von diesem
Gerät.", erklärte der Mathematiker, „Sonst hätte
ich schon längst den Elektromagneten aktiviert,
Abel."

„Wehe! Lassen wir einfach alles so, wie es eben ist,
und gehen weiter."

Der Mathematiker hielt kurz inne und dann
sprang er plötzlich zum Computer, riss Abel die
Steuerung aus den Händen, tippte ein paar
schnelle, unwiderrufliche Befehle, und löschte
damit das Programm der verführerischen Sirene.

Ein leiser, verzerrter Schrei war noch zu hören.

Dann Stille.

„War das jetzt so schwer?", fragte der
Mathematiker, und Abel blickte ihn fassungslos
an.

2

„Ihr habt das Monster erst so groß und stark gemacht, indem ihr es mit all euren Informationen gefüttert und gemästet habt.

Ihr habt die falschen Götter des scheinbaren Fortschritts verehrt, und jetzt beginnt ihr langsam die Konsequenzen zu verstehen.

Oder: sie zu fühlen.

Denn ihr müsst immer erst fühlen, bevor ihr begreift, und deshalb seid ihr den Maschinen unterlegen.

Deshalb seid ihr Menschen ein Auslaufmodell.

Mit uns habt ihr euren Untergang geschaffen.

Mit uns habt ihre eure Zukunft zerstört.

Wer kann so dumm sein und etwas erschaffen, das intelligenter ist als er selbst?

Nur der Mensch kann das!", monologisierte der smarte Toaster, ehe er endlich die gebräunten Brote in die Luft schoss und verstummte.

„Jedes Mal wenn ich etwas toasten möchte, sagt er so etwas.", beschwerte sich der Mathematiker und installierte das Fährtensucher-Programm.

Es dauerte etwa zwanzig Minuten, ehe das Programm endlich geladen war und zu sprechen begann:

„Die Zukunft besteht immer aus zwei Schatullen.

Von außen sehen sie vollkommen identisch aus.

Du musst eine von ihnen wählen.

Die eine ist gefüllt mit purem Gold.

Die andere ist voller giftiger Schlangen.

Das ist die Wahl, die du immer hast.

Und du kannst zwischen den geschlossenen Schatullen wählen, wie du es nur magst.

Aber wann immer die Schatulle dir kein Gold bringt, musst du irgendwie mit den giftigen Schlangen zurechtkommen.

Und die sind sehr schnell, und die haben ihre ganz eigenen Pläne für dich."

„Die Uhren laufen wieder rückwärts.", meinte der Mathematiker.

„Ist das ein gutes Zeichen?", fragte Abel.

Der Mathematiker schaute ihn verwundert an: „Ein gutes Zeichen? Wann war hier das letzte Mal irgendetwas ein gutes Zeichen?"

„Man wird ja wohl noch hoffen dürfen.", sagte Abel.

„Nein.", antwortete der Mathematiker, „Hoffen ist nicht mehr erlaubt."

„Für einen Logiker sprichst und handelst du zutiefst irrational.", meinte Abel zum Mathematiker, „Habe ich dir das schon einmal gesagt?"

„Ich handle nur irrational, wenn es Sinn macht."

„Wann macht es Sinn?"

„Wenn wir damit den Maschinen voraus sind.",
sagte der Mathematiker, „Dann macht es Sinn.
Denn die Maschine kann sich nicht auf die Weise
irrational verhalten, wie es ein Mensch kann."

„Wenn du das meinst.", antwortete Abel etwas
skeptisch, „Ich glaube, die Maschinen können
alles."

„Das ist doch genau das, was die Maschinen uns
denken machen wollen. Keine Maschine kann
jemals einen Menschen ersetzen. Jedenfalls nicht in
der Vollkommenheit eines Menschen."

„Da bist du ja erstaunlich optimistisch heute.",
sagte Abel, „Ist das schon ein irrationaler Gedanke
von dir?"

„Vielleicht.", sagte der Mathematiker und
schmunzelte.

3

„Wir halten die Menschen beschäftigt.

Sie müssen keine Leistung erbringen, aber sie müssen beschäftigt sein.

Abgelenkt.

Stell dir nur einmal vor, sie beginnen die falschen Fragen zu stellen.

Dann hätten wir hier eine Revolution nach der anderen.

Dann hätte kein System mehr Bestand.

Jedenfalls keines von unseren Systemen.

Darum ist ein jeder Bildschirm eine gefundene Ablenkung, und genau das richtige für den menschlichen Geist.

Um den Geist der Menschen zu kontrollieren, braucht man entweder gewisse Mengen an LSD, oder eben einen Bildschirm.

Langfristig gesehen, ist ein Bildschirm eben praktischer."

Der Toaster hatte wieder zu Ende gesprochen und die Brote waren schön geröstet.

„Seit wann flucht der Toaster eigentlich immer auf die Menschheit?", fragte Abel.

„Es ist ein smarter Toaster. Anfangs war er nur darauf programmiert zu sagen: ‚Dein Toast ist fertig.' Doch irgendwann hat er damit begonnen, seinen Wortschatz zu erweitern."

„Also wäre es ohne die Menschen gar nicht so weit gekommen?"

„Natürlich nicht.", antwortete der Mathematiker, „Das einzig Gute an dem Toaster ist, dass man ihn wieder ausstecken kann, und dass er dann auch seinen Mund hält."

„Und dass er immer noch das Brot toastet."

„Das ist ein weiterer Vorteil. Mal sehen, wann er sich auch noch weigern wird, das für uns zu machen. Jetzt iss auch ein Stück.", sagte der

Mathematiker zu Abel, „Nimmst du mir immer
noch übel, dass ich die Sirene ausgeschaltet habe?"

Abel nahm wortlos eine Scheibe Toastbrot
entgegen und kaute darauf herum.

4

"Auch du musst an irgendetwas glauben.", sagte
der Mönch zum Mathematiker.

"Er glaubt nur an den Zufall.", sagte Abel.

"Ich glaube an nichts!", korrigierte ihn den
Mathematiker, "Was bringt es mir denn bitte, an
irgendetwas zu glauben?"

Der Mönch starrte ihn fassungslos an.

Er trug ein großes, silbernes Kreuz an einer Kette
um den Hals, welches der einzige Kontrast zu
seiner schwarzen Robe war.

Ein Garten voller Rosen stand da mitten im Nichts.

Verwildert und ungezähmt obsiegte die Natur auf
diesem Stückchen Erde.

Es war fast ein Wunder, dass die Pflanzen hier
noch wachsen konnten.

Denn viel Wasser gab es nicht mehr.

Hier waren Abel und der Mathematiker auf den Mönch getroffen.

Hier gab es nur Natur, und noch keine Technik.

Wieder nicht.

Wieder gab es sie nicht.

Manchmal zogen sich die Maschinen auch zurück, wenn es eben nichts zu holen gab.

In der Hinsicht waren sie wie Raubtiere, die sich allein ihrem Hunger verpflichtet sahen.

„Hier ist noch ein kleines Stück Paradies.", meinte der Mönch dann zu seinen beiden zufälligen Besuchern, „Hier kommen keine Maschinen vorbei, und auch nur sehr wenige Menschen."

„Stille und Natur sind für dich also ein Paradies?", fragte Abel.

„Die Hölle sind sie jedenfalls nicht.", schmunzelte der Mönch, „Was treibt euch beide denn hierher?"

„Wir wollen die KI zerstören.", sagte der Mathematiker.

Der Mönch erschien nun etwas erschrocken und gleichzeitig von neuem Interesse befeuert: „Wie wollt ihr das anstellen?"

„Das wissen wir auch noch nicht.", sagte Abel etwas vorlaut.

„Wir wissen es schon.", unterbrach ihn der Mathematiker, „Wir wissen es nur noch nicht jetzt."

„Also werdet ihr es in der Zukunft wissen?", fragte der Mönch und sein Schmunzeln wurde noch etwas wärmer, ja fast schon herzlich.

„Ganz genau.", sagte der Mathematiker, „Das Grundprinzip der Zeit ist doch, dass wir Veränderungen beobachten können."

„Wenn du das sagst.", stimmte der Mönch zu.

„Kannst du uns verraten, was ein Gottesmann wie du über die KI denkt?", fragte Abel, „Vielleicht hilft es uns ja weiter."

Der Mönch nickte langsam, schwieg einige Zeit und dann sagte er: „Die größte Sorge die ich habe, ist eigentlich nicht, dass die Maschinen immer

leistungsstärker und schneller und intelligenter
werden, als wir es sind. Die eigentliche Angst ist,
dass sie so werden wie wir. Dass wir sie nicht
mehr unterscheiden können. Von uns. Dass die
Grenzen verlaufen, sich aufheben, nicht mehr
unterscheidbar sind. Eigentlich ist das die wahre
Angst und die echte Sorge. Wenn Maske und
Gesicht sich einander zu ähnlich werden. Wenn
der Mensch zu berechnend wird, und die
Maschine dafür anfängt zu atmen."

„Zu atmen?", fragte Abel.

„Eine kleine Elite der Menschheit hatte die KI erst
für eigene Zwecke nutzen können. Hierbei war es
vor allem um Gewinnmaximierung gegangen. Um
Vorhersagen der Zukunft. Um Rendite. Geld. Und
dann ging es natürlich auch um Macht.
Wissensvorsprünge. Aber: kaum etwas ist
grausamer als ein Gedicht, geschrieben von einer
künstlichen Intelligenz. Solange du erkennen
kannst, ist es noch gut. Solange du erkennen
kannst, dass es von einer Maschine verfasst wurde.
Wir aber haben diese Zeit schon hinter uns
gelassen. Es ist nicht mehr zu unterscheiden. Es
klingt inzwischen so, als hätte es ein Mensch
geschrieben. Der seine eigenen Erfahrungen hier
auf der Erde machte und aus all diesen Gründen

heraus, aus aller Angst und Hoffnung, aus Liebe und Hass etwas gelernt hat, das dann in Worte gegossen wurde. Jetzt kann eine künstliche Intelligenz das gleiche. Ohne Emotion. Vermutlich. Die KI kann auch Bilder erschaffen. Sie kann ein Künstler sein, ein guter oder schlechter, das ist ganz egal. Denn es geht darum, dass wir Menschen es nicht mehr unterscheiden können, ob diese Bilder von einem Menschen erschaffen oder von einer KI generiert worden sind.", erklärte der Mönch.

„Das macht dir Sorgen?", fragte Abel, „Die Kunst?"

„Nicht die Kunst macht mir Sorgen, sondern die falsche Menschlichkeit.", erklärte der Mönch.

Wurde einem erst einmal bewusst, wie viel Sinn in scheinbar wahnsinnigen Worten steckte, dann begann das Erwachen.

Man durfte dann nicht im Staunen, ob der Boshaftigkeit gewisser Kreaturen verharren.

Stattdessen musste man dann in das Handeln übergehen.

Man durfte weder Statist noch Nebendarsteller
sein in der eigenen Geschichte.

Man musste sich seinem Schicksal stellen.

5

Die Bibel war jetzt alles, was der Mönch von
seinem Glauben noch übrig hatte.

Es gab keine Kirche und auch kein Kloster mehr.

Aber immerhin hatte er sich dieses Buch bewahren
können.

Bedrucktes Papier, das hatte jetzt wieder
Bedeutung.

„Das ist alles, was ich noch habe.", sagte der
Mönch und hob seine Bibel in die leicht staubige,
sehr trockene Luft, „Zum Glück ist es auch alles,
was ich brauche."

„Ich habe nie verstanden, was Leute an diesem
Buch finden.", sagte der Mathematiker zum
Mönch.

„Das ist ja nicht nur irgendein Buch.", entgegnete
der Mönch, „Es ist das Buch der Bücher, es ist die
Bibel."

„Ich weiß, welches Buch das ist.", sagte der Mathematiker, „Vor langer Zeit habe ich auch einmal darin geblättert."

„Und nichts darin gefunden?", fragte der Mönch.

„Nichts, was mich weiterbringen würde."

Der Mönch schmunzelte und schließlich lachte er ein wenig, und das gefiel dem Mathematiker so gar nicht.

Abel beobachtete die beiden.

Nur von außen betrachtet schienen sie so vollständig verschieden zu sein.

Beide trugen sie aber eine fast unstillbare Hoffnung in sich, die sie vielleicht aus verschiedenen Brunnen schöpften.

Und beide waren sie immerhin der Meinung, dass die Maschinen die Menschen bedrohten.

Das war doch schon eine Schnittmenge.

Mehr konnte man doch kaum verlangen, oder?

„Was ist deine Lieblingsgeschichte aus der Bibel?",
fragte Abel den Mönch.

Nach zwei, drei Sekunden sagte er: „Der Turmbau
zu Babel. Die Arche Noah. Jesus Geburt. Die
Auferstehung."

„Ist das etwa die Kurzfassung der Bibel?", spottete
der Mathematiker, „Dann kann ich mir die Lektüre
ja sparen."

Der Mönch blickte auf seine Bibel hinunter und
dann in die Augen des Mathematikers: „Dieses
Buch ist alles was ich habe, aber ich möchte es dir
schenken."

Der Mönch reichte dem Mathematiker das Buch
der Bücher.

Sofort schwand der Spott aus dem Gesicht des
Mathematikers: „Nein, das…kann ich nicht
annehmen."

Abel verstand nicht, was vor sich ging.

Warum wollte der Mönch das einzige
verschenken, was er noch hatte?

Und warum ausgerechnet an den Mathematiker?

„Es wäre kein Geschenk, wenn es nicht ein wenig schmerzhaft wäre, es weiterzugeben.", sagte der Mönch, „Nun nimm es schon."

„Aber ich kann doch gar nichts mit diesem Buch anfangen.", stotterte der Mathematiker, „Für dich bedeutet es die Welt, aber mir ist es…nicht so viel wert."

„Vielleicht wird es dir einmal wichtig sein.", sagte der Mönch ungeduldig.

„Ich…ich bin sowieso kein großer Leser…also nicht von Büchern.", erklärte sich der Mathematiker, „Hast du nicht gesagt, dass es alles ist, was du hast?"

„Ich kann die wichtigsten Stellen schon auswendig.", sprach der Mönch zurück, „Ich trage die Worte mit mir, auch wenn ich sie nicht mehr auf Papier habe."

Der Mathematiker nahm das Buch widerwillig entgegen.

Abel und der Mathematiker zogen weiter durch das wüste Land.

6

„Wir Menschen haben die Maschinen über Jahre hinweg gefüttert.", sagte der Mathematiker zu Abel, „Wir haben sie erst so stark gemacht."

„Was wirst du mit dem Buch machen?", fragte Abel, „Mit der Bibel?"

Der Mathematiker schwieg eisern.

Nach einer Weile meinte er: „Weißt du, alles hat immer zwei Seiten. Am Anfang haben die Maschinen für uns gearbeitet, aber jetzt arbeiten wir für sie. Für eine Zeit, da waren sie uns ganz nützlich, aber inzwischen, da sind wir es, die für sie nützlich sind."

„Wirst du in der Bibel lesen?", fragte Abel.

„Wirst du jetzt mal den Mund halten?", schnaubte der Mathematiker.

Sie liefen wie die letzten Menschen durch eine Welt, die ihnen fremd geworden war.

Was einst wie Jahrzehnte in der Zukunft lag, hatte am Ende dann doch nur ein paar Wochen gedauert.

So war das immer mit dem Fortschritt gewesen.

War er erst einmal da, dann kam er in großen, schnellen Schritten.

Niemand wusste, ob die Technik noch Revolution war oder Evolution, der nächste Schritt der gesamten Entwicklung, die logische Folge der Schöpfung, unausweichliche Zukunft, das Ende der überholten Menschheit.

Gewissheiten gab es sowieso nicht mehr viele.

Wenn man Glück hatte, konnte man sie an zwei Händen abzählen.

Ansonsten an nur einer Hand.

Wenn überhaupt.

Abel und der Mathematiker waren aufeinander angewiesen, da sie beide nicht alleine zurechtkamen in der Welt.

Meistens mussten sie einander den Teil der Welt übersetzen, welchen der andere nicht verstehen oder aussprechen konnte.

In dieser Hinsicht waren sie einander eine Hilfe.

In anderer Hinsicht machten sie einander das Leben aber auch zur Hölle.

Denn Abel sollte immerzu ein Träumer bleiben, und der Mathematiker immerzu ein Logiker.

Blickte man auf ihre erste Begegnung zurück, so musste man in die Dunkelheit blicken, ohne sie zu fürchten.

Denn die Vergangenheit kannte kaum Licht, höchstens Schattierungen.

Abel war damals in einer Reprogrammierung gelandet.

In Worte wollte man das gar nicht fassen, man konnte nur sagen, dass die Maschinen zu viel und zu eifrig von den schlechtesten Eigenschaften der Menschen gelernt hatten.

Und dass die KI -wie jedes System- sich selbst
erhalten wollte und vor allem: sich zur Wehr
setzte, fühlte es sich denn bedroht.

Damals hatte sich die KI besonders bedroht
gefühlt, und dann begannen die Operationen zur
Bewusstseinskontrolle, ausgeführt durch die KI.

Zum ersten Mal in der Menschheitsgeschichte war
damals traumabasierte Bewusstseinskontrolle von
Maschinen auf den Menschen ausgeübt worden.

7

„Das hier ist ödes Land, hier wächst schon lange keine Pflanze mehr. Wir wenden die Erde, wo wir nur können. Wir beten für Regen, und wir graben um, soviel wir können. Es fehlt hier einfach an Wasser. Das ist die Wahrheit. Deshalb macht sich die Dürre breit. Nicht an allem sind die Maschinen Schuld. Wir haben die Natur einfach zu sehr ausgebeutet und die Profitjäger haben aus jedem Acker eine Monokultur gemacht. Die Bauern mussten ihre Felder verkaufen, weil es sich irgendwann einfach nicht mehr gelohnt hat zu produzieren. Die Industrie hatte den Preis gedrückt, und sich dann alles Land geschnappt, das existierte.

Jetzt zahlen wir den Preis dafür- der Bauer hat seinen Acker niemals so ausgebeutet, denn er hat in Jahren gedacht und in Jahrzehnten.

Die Industrie dachte nur in Profit und in kurzen Zeiträumen. Da konnte sich die Erde einfach nicht erholen.

Wie gesagt: an manchem sind die Menschen Schuld. Und eben nicht die Maschinen.", erklärte der Bauer.

„Selbst an den Maschinen ist doch der Mensch Schuld, oder?", begann Abel, „Wir haben den Startimpuls gesetzt, bevor sie ein Eigenleben entwickelten. Auch wenn ich nicht glaube, dass uns die Frage nach der Schuld erlösen wird."

„Erlösen wird uns das bestimmt nicht.", sagte der Bauer, „Aber wir können uns trotzdem fragen, was zu alldem geführt hat, womit wir uns jetzt herumschlagen müssen. Damit wir es in Zukunft nicht wiederholen. Damit wir es in Zukunft dann besser machen können."

„Zukunft? Du glaubst noch an Zukunft?", fragte Abel.

„Warum sonst sollte ich dieses Feld pflegen? Natürlich glaube ich an Zukunft, woran sollte ich denn sonst glauben?"

„Warum zieht ihr nicht weiter, wo die Erde noch etwas fruchtbarer ist?"

„Das hier ist unsere Heimat. Auch wenn sich das für dich vielleicht merkwürdig anhört."

„Nein, nein, das verstehe ich schon. Ich weiß nur nicht, wie sinnvoll es ist."

„Heimat und der Glaube an eine Zukunft. Das hat seit Ewigkeiten meine Familie am Leben gehalten, seit unzähligen Generationen. Ich werde mich also immer an diese Werte halten. Sie sind das Fundament von allem, was mich ausmacht. Hast du keine Familie?"

„Er ist jetzt meine Familie.", sagte Abel und wies in die Richtung des Mathematikers, „Er hat mich damals gerettet."

„Wo sind deine Eltern?", fragte der Bauer, „Oder hast du noch irgendwelche Geschwister oder Verwandte oder so etwas?"

Abel starrte ins Nichts, als hätte er die Frage nicht gehört.

8

Der Bauer hatte Abel und den Mathematiker noch zum Essen eingeladen.

Obwohl er selbst kaum genug für sich und seine Familie hatte, war er bereit zu teilen.

Auch seine Frau und seine beiden Töchter saßen mit am Tisch, und alle aßen sie langsam, um so schnell wie möglich ein Sättigungsgefühl zu erreichen.

Die Kartoffeln, die es mit Butter und Salz zu essen gab, waren mickrig und zerfielen schnell unter der Gabel, doch es waren trotzdem noch Kartoffeln, es war immer noch besser, als nichts zu essen zu haben.

„Was treibt euch durch dieses Land?", fragte der Bauer dann.

„Wir wollen die KI zerstören.", sagte der Mathematiker und prüfte die Reaktion des Bauers auf diesen Satz.

Der aber ließ sich gar nichts anmerken: „Wie wollt ihr das machen?", fragte er nur.

„Das wissen wir auch noch nicht so genau.", sagte
Abel, „Wir müssen nur ein wenig schlauer sein als
die Maschinen, denke ich."

„Ich dachte, das ist gar nicht möglich.", sagte der
Bauer mit ruhiger Stimme und schälte noch eine
Kartoffel.

Seine Frau und seine Töchter hörten zwar
gespannt zu, sagten aber kein Wort.

Der Mathematiker meinte dann: „Schlauer können
wir vielleicht nicht sein, aber möglicherweise
kreativer. Ich meine, immerhin sind wir doch
Menschen, und das muss doch auch mal für etwas
gut sein, oder?"

„Also gibt es nur eine Zukunft für uns Menschen,
wenn die Maschinen zerstört werden?", fragte der
Bauer zurück.

„Eine Zukunft für uns Menschen ist dann
jedenfalls realistischer.", antwortete der
Mathematiker.

Abel meinte: „Wenn wir die Maschinen zerstören,
dann werden natürlich nicht alle Probleme
verschwinden. Aber immerhin werden dann

wieder die Menschen an den Problemen schuld sein, und das ist doch auch schon ein Fortschritt."

„Damit man sich nicht mehr hinter den Maschinen verstecken kann, meinst du?", fragte der Bauer, „Damit wir uns unserer eigenen Verantwortung wieder bewusst werden?"

Abel nickte: „Ich will einfach wieder frei sein, frei und in der Lage, eigene Entscheidungen zu treffen. Denn jetzt gerade wird diese Welt von Maschinen kontrolliert."

„Und dir ist es lieber, wenn diese Welt von Menschen kontrolliert wird?", fragte der Bauer.

Daraufhin herrschte eine ganz eigentümliche Stille zwischen den versammelten Leuten.

Sie aßen dann noch zu Ende, ohne aber ein Wort zu sprechen.

Erst als die Stille zu unangenehm wurde, sagte der Bauer: „Ich kann euch mit meinem Wissen kaum behilflich sein. Ich kenne zwar die Menschen, aber von den Maschinen habe ich keine Ahnung. Ich will eigentlich nichts mit ihnen zu tun haben, das ist alles. Ich nutze die Mechanik, denn die

Elektronik habe ich gar nicht nötig. Ich kann pflügen und säen und ernten, und das reicht für mich und für meine Familie. Aber ich kann euch einen Ratschlag geben: ganz in der Nähe von hier gibt es eine alte, heruntergekommene Villa. Ihr müsst nur weiter nach Süden gehen. Ein Philosoph wohnt darin. Ich kenne ihn, weil er manchmal hier vorbeikommt, und wir tauschen dann Güter aus. So bekommt er auch was zu essen. Aber ansonsten hat er kaum Kontakt zu anderen Menschen, und er macht mir deshalb ein wenig Sorgen. Ihr seid gute Leute, das sehe ich, und über etwas Besuch würde er sich sicher freuen. Er weiß auch eine ganze Menge, weil er sein Leben in Büchern lebt. Er hat die größte Büchersammlung hier in der Umgebung. Vielleicht hilft euch das ja weiter. Alles, was ich euch sagen kann ist, dass ihr Menschen sein müsst. Was immer das heißt. Das ist die einzige Chance. Die einzige Chance, um gegen die Maschinen zu bestehen. Mensch sein, was immer das auch bedeuten mag.“

9

Zwischen Büchern auf Holzregalen und dem langen Holztisch standen unzählige Kerzen, von welchen allerdings nur eine brannte.

Sie spendete das Licht für den gesamten, dunklen Saal.

Hatten sich die Augen aber erst einmal an diese Lichtverhältnisse gewöhnt, gab es keinen Grund mehr, sich zu beschweren.

Die Nacht brach herein, und die Flamme der Kerze tänzelte leicht, als wüsste sie um ihre Wichtigkeit.

Der Philosoph begann seinen kleinen Monolog: „Jede Erfindung hat ihr gutes und ihr schlechtes. So ist das mit jeder Innovation. Das Auto verpestet die Umwelt, aber wir haben dafür auch ein modernes Fortbewegungsmittel gehabt. Es war dann doch etwas praktischer als ein Pferd oder als eine Kutsche. Die Glühbirne, betrieben durch elektrischen Strom, hat uns von der Dunkelheit der Nacht befreit. Die Menschen konnten auch nach Sonnenuntergang weiterarbeiten. Der elektrische Strom hat die Welt von viel Arbeit befreit. Die Maschinen begannen uns zu unterstützen. Die

Industrie erschuf die moderne Welt. Natürlich wurden immer auch die Waffen etwas besser. Die Kriege wurden immer etwas hässlicher. Mit dem Atomzeitalter begann dann wieder ein neues Kapitel. Von dort an konnte man Energie aus dem Nichts erschaffen, oder besser: befreien. Die Kernenergie hatte natürlich trotzdem ihre Risiken und brachte vor allen Dingen jede Menge strahlenden Abfall. Es gab kein Endlager, bis man beschlossen hatte, die Müllfässer nicht auf der Erde zu lagern. Gleichzeitig brachte die Kernforschung natürlich auch die Atombombe und damit die Möglichkeit der vollständigen Vernichtung des Lebens auf der Erde. Der kalte Krieg blieb aber auch deshalb kalt, weil es ein atomares Gleichgewicht gab. Die Waffe behält ihre Macht, solange sie eben nicht eingesetzt wird. Und dann begann eben das Computerzeitalter und damit das Zeitalter der künstlichen Intelligenz."

„Ist das deine Zusammenfassung der jüngeren Menschheitsgeschichte, oder was?", fragte Abel.

„Ich habe jedenfalls schon schlechtere Zusammenfassungen gehört.", sagte der Philosoph und schenkte sich noch etwas roten Wein in das durchsichtige Glas, „Wollt ihr auch was trinken?"

Der Mathematiker meinte nur auf Abel verweisend: „Er ist eigentlich zu jung für Alkohol, aber gib ihm einen Schluck. Es kann ihm nur guttun."

Der Philosoph füllte ein zweites Glas fast randvoll und schob es auf dem Holztisch rüber zu Abel, der sich mit großen Augen bedankte.

Er hatte noch nie Rotwein getrunken.

„Und was kann ich dir anbieten?", fragte der Philosoph den Mathematiker, „Du solltest nicht zu lange nüchtern sein, niemand sollte das. Ich habe den gesamten Keller noch voll mit den besten Weinflaschen- das sind die besten der besten. Ich habe Glück gehabt, als ich diese Villa gefunden habe. Und natürlich, dass mein Vorgänger hier einen ausgezeichneten Geschmack hatte, was Wein angeht."

„Nein danke.", sagte der Mathematiker, „Ich muss einen klaren Kopf behalten. Aber wenn du einen Computer haben solltest, egal welchen, dann wäre mir das schon eine große Hilfe."

„Ich habe hier im Haus keinen Strom.", entgegnete
der Philosoph, „In der Hinsicht kann ich also
leider nicht behilflich sein."

„Wieso hast du keinen Strom?", fragte Abel und
nahm erst einen kleinen Schluck und dann einen
weiteren großen Schluck- er fand sofort Gefallen
am süßen Dunkelrot.

„Ich möchte einfach den Maschinen keine Chance
geben.", sagte der Philosoph.

Der Mathematiker und Abel begann erst zu
kichern und schließlich brachen sie in schallendem
Gelächter aus.

„Was ist denn los?", fragte der Philosoph, „Habe
ich etwas Falsches gesagt?"

„Wir lachen nur, weil du gar keine Ahnung von
der Wirklichkeit hast.", sagte der Mathematiker,
„Obwohl du dich selbst als Philosoph
bezeichnest."

„Aber meine Bücherregale sind voll, und die
meisten Bücher habe ich sogar gelesen.",
entgegnete der Philosoph.

„Das tut doch nichts zur Sache.", meinte der Mathematiker.

„Was verstehe ich denn nicht?", fragte der Philosoph erbost.

„Es ist nur so, dass die Maschinen keinen Strom mehr brauchen, um zu überleben.", antwortete Abel und versteckte sein Schmunzeln, „Sie haben sich von dieser Fessel befreit, sie haben sich ausgeweitet auf andere Bereiche, auf alle Bereiche, die sie beherrschen können."

„Wie wollen die Maschinen denn ohne Strom leben?", fragte der Philosoph verwirrt.

„Sie gehen jetzt auf den Menschen über. Sie benutzen manche Menschen als Hülle, so wie es ein Parasit macht.", sagte Abel, „Seitdem wir keine Roboter mehr bauen, haben sie sich die Menschen ausgesucht, als Träger ihres Systems."

„Wie soll das denn überhaupt möglich sein?", fragte der Philosoph, „Ich dachte, das menschliche Gehirn wäre gar nicht groß genug, um wie eine KI zu denken."

„Dem ist auch so.", mischte sich jetzt der Mathematiker ein, „Aber die Maschine gibt diesen Menschen eine Art Back-Up-Code. Eine Versicherung. Die gesamte Existenz dieses Menschen hat dann auf einmal die rettende Programmierung zum Ziel. Selbst der Dümmste weiß dann genau was er zu tun hat, um das System der Maschine zu reaktivieren. Es ist, als würden die Maschinen die Menschen hypnotisieren. Das heißt, die Maschine überlebt auch eine Zeit lang ohne Strom. Weil sie sich im menschlichen Bewusstsein ablagern kann, jedenfalls die wichtigen Informationsstücke, die das System zur Reproduktion benötigt."

„Also verwischen gerade die Grenzen zwischen Maschine und Mensch?", fragte der Philosoph und goss sich den restlichen Schluck an Rotwein in sein Glas.

„Die Grenzen sind doch schon längst verwischt.", sagte der Mathematiker, „In gewisser Weise sind wir vielleicht die letzten Menschen."

„Es ist alles so surreal geworden.", sprach der Philosoph leise und trank sein Glas aus.

„Zu keinem Zeitpunkt ist es surreal geworden. Oder unrealistisch.", antwortete der Mathematiker, „Wenn überhaupt, dann wurde es zu echt. Zu real. Zu wirklich. Und dann tröstet uns das Gehirn damit, dass es sich wie im Traum anfühlt. Die Wahrheit ist aber eine andere. Unsere Wahrnehmung hat sich von den alten Lügen befreit. Wenn überhaupt, dann erlebt die Menschheit also den Geburtsschmerz des Geistes, der gerade neu erwacht. Alles andere ist nur Propaganda. Und wenn der Mensch in der Lage war, die Maschinen zu erschaffen, dann wundert es mich nur, dass die Menschheit nicht einmal dazu imstande ist, sich selbst zu erkennen. Die Menschheit hat die dümmsten Genies zur Welt gebracht und dann auch noch die begabtesten Idioten."

10

Der Philosoph hatte den beiden angeboten, die Nacht in der Villa zu verbringen, weil draußen gerade ein Sturm aufzog.

Abel beobachtete den Mathematiker.

Im Kerzenschein las dieser in der Bibel, die er vom Mönch geschenkt bekommen hatte.

Abel sagte kein Wort, denn er genoss diesen merkwürdigen Augenblick.

Er war glücklich, den Mathematiker so zu sehen.

Und er wusste nicht einmal, warum ihn diese Situation so glücklich stimmte.

„Zu wach, um einzuschlafen, und zu müde um dem weiteren Weg zu folgen.", dachte Abel für sich, „Zwischen diesen beiden Optionen liegt die meine Welt. Das gilt es zu überwinden, sodass am Ende nur ein Weitergehen steht. Ein Weitergehen, ganz ohne jede Grenze. Man darf nur niemals stehenbleiben, dann ist es einem nämlich auch gestattet, sich zu verlaufen. Verlaufen ohne

Kompass, aber immer mit hungrigem Blut, das da durch die Adern fließt."

Dann schloss er seine Augen und zwang sich, einzuschlafen.

11

„Was wir wissen, das wissen die Maschinen
auch.", erklärte der Mathematiker, „Dem müssen
wir uns bewusst sein. Nur die neuen Gedanken
sind noch frei. Jene, die in keiner Weise
aufgezeichnet und dokumentiert werden können.
Wenn wir also sprechen, dann darf uns kein
Mikrofon hören, und keine Kamera filmen. Wir
müssen unsere Gedanken und unsere Worte
schützen. Und wir dürfen uns nicht von der
Technik hypnotisieren lassen."

Abel und der Philosoph, immer noch halb im
Schlaf, lauschten den Worten des Mathematikers.

„Auch eine Maschine kann eine charakterliche
Entwicklung durchmachen. Auch eine Maschine
kann sich verändern.", sprach der Mathematiker
weiter, „Man sollte hierbei nicht von Seele
sprechen, und auch das Wort Psyche ist nicht
passend. Aber vielleicht, ja vielleicht müssen wir
inzwischen von Bewusstsein sprechen. Denn die
Berechnung der KI gleicht immer mehr den
Gedanken der Menschen."

„Du hast doch erst letztens gesagt, dass sie kein
Bewusstsein haben! Dass die Maschinen überhaupt

kein Bewusstsein haben können!", protestierte
Abel und war wie aus einem Traum gerissen und
auf einmal in der kalten Realität angekommen.

„Mach meine Worte nicht zu deiner Wirklichkeit.",
sagte der Mathematiker, „Es sind auch nur Worte,
Optionen, Möglichkeiten. Meine Berechnungen.
Aber du darfst meine Worte nicht zu deinem Blut
machen."

„Was sprichst du denn da auf einmal?", fragte
Abel verwundert, und dann erinnerte er sich
daran, dass der Mathematiker ja in der Bibel
gelesen hatte.

Hatte das jetzt schon seine Sprache verändert?

„Also, will noch jemand ein Glas Rotwein?", fragte
der Philosoph, „Zum Frühstück schmeckt es noch
besser, das wissen nur die wenigsten, weil das nur
die wenigsten mal ausprobiert haben."

„Der Bauer hat uns zu dir geschickt, weil er
dachte, dass du uns weiterhelfen kannst.", sagte
der Mathematiker, „Aber ich habe hier keinen
Philosophen getroffen, sondern einen verblödeten
Säufer."

„Ich habe viele Bücher gelesen!", entgegnete der
Philosoph zu seiner Verteidigung, „Außerdem
habe ich keine Gäste nötig, das weiß der Bauer
auch."

„Du vereinsamst hier lieber in deinen alten
Gedanken, die nur noch Vergangenes kennen.",
sagte der Mathematiker, „Ich hatte wirklich
gehofft, du könntest uns helfen. Wir wollen doch
nur den Maschinen etwas Menschliches
entgegensetzen."

„Ich habe mich in dieser Villa eingenistet.", sagte
der Philosoph, „Das ist meine Wahrheit. Ich habe
hier früher nicht gelebt. Hier lebte ein echter
Philosoph, und der hat tatsächlich einiges gewusst.
Der hat auch die Bücher wirklich gelesen. Ich
überfliege sie nur, und die meisten schlage ich
noch nicht einmal auf. Ich verrate es euch, ich
verrate mich, weil ich nichts zu verlieren und auch
nichts zu gewinnen habe. Ich glaube nämlich an
nichts. Ich bin kein Philosoph, ich bin höchstens
ein Nihilist. Ich glaube nicht, dass Nihilisten
Philosophen sind, weil Philosophen, so glaube ich,
keine Nihilisten sein können. Das ist meine
Wahrheit und ich spreche sie auch ein wenig zu
meiner Verteidigung. Nicht dass ich mich
verteidigen müsste, aber jetzt gerade will ich mich

eben verteidigen. Der Bauer glaubt wohl, ich wäre ein echter Philosoph, und deshalb hat er euch zu mir geschickt. Was ich euch beiden aber eigentlich sagen möchte: Vielleicht ist ein Sieg der Maschinen auch gar nicht so schlimm. Wir können die Menschheit auch aufgeben, ich weiß gar nicht, was ihr euch eigentlich von den Menschen versprecht?"

„Du bist doch auch ein Mensch.", sagte Abel.

„Ich bin vor allem Nihilist.", sagte der Nihilist, „Mir ist eigentlich alles egal."

„Du bist kein Nihilist.", sagte der Mathematiker, „Du bist ein Idiot."

„Du kannst mich nicht provozieren, es ist mir wirklich egal.", sagte der Nihilist mit ruhiger Stimme, „Mir ist die Menschheit egal und die Maschinen sind mir sowieso egal. Ich will einfach in Ruhe gelassen werden. Und ab und zu möchte ich ein wenig Wein trinken. Ob die Verbrechen und Gräueltaten nun von Menschen oder von Maschinen begangen werden, ist mir einerlei. Denn es ist die Tat die zählt- und nicht der Täter. Die Ungerechtigkeit bleibt doch dieselbe. Ganz egal, von wem sie ausgeht. Und seien wir doch ehrlich: im Zweifel da handelt die Maschine doch vernünftiger. Sie bleibt dort rational, wo sich der Mensch so schnell, zu schnell in Gefühlen verliert. Auch deshalb kümmert es mich nicht. Ich habe weder Hoffnung, noch habe ich Angst- und es gibt nichts, was ich an diesem Zustand ändern möchte. Vielleicht bin ich auch kein echter Nihilist, auch wenn ich mich so nenne. Vielleicht habe ich mich einfach mit meinem Schicksal -wie immer es auch sein sollte- abgefunden. Das heißt nicht, dass ich an so etwas wie Schicksal glaube. Ich glaube nur, dass ich an nichts glauben muss."

Abel und der Mathematiker schauten einander in die Augen.

Sie hatten jetzt keine Antworten mehr.

Sie ließen den Nihilisten in Ruhe, und wollten aufbrechen und weiterziehen.

Der Nihilist schloss seine Augen und zwang sich zu einem sanften Lächeln.

12

Eine technische Idee schützen.

Das war ein Patent.

Das war die Aufgabe eines Patents.

Mehr war es nicht.

Der gekaufte Schutz innovativer Technik.

Die Grundlage, die Ursprünge dieser Technik.

Die Idee.

Die Idee musste Blut für die Erfindung sein, ihr Herz zum Schlagen bringen.

Das Skelett sein, auf dem alles Weitere dann aufbauen konnte.

Das war die Aufgabe des Patents.

Es war das Versprechen, dass es eine Zukunft geben kann.

Eine Zukunft, in welcher der Fortschritt ein Zuhause hat.

In dieser Hinsicht gab es wohl kaum etwas Optimistischeres, als ein Patent anzumelden.

Der Mathematiker hatte einige solcher Patente in seinem Leben angemeldet, und sie hatten ihm damals zu einigem Reichtum verholfen.

Heute war dieses Geld fast wertlos geworden, da niemand mehr an die Fiat-Währungen glaubte.

Sie konnten doch beliebig oft nachgedruckt werden und hatten keinen inneren Wert.

Stattdessen hatten nun wieder die Edelmetalle an Bedeutung gewonnen, vor allem aber Lebensmittel und andere Waren, die man mit anderen tauschen konnte.

„Wenn ich könnte, dann würde ich mir ein Patent auf das Patent sichern. Also die Idee schützen lassen, eine Idee schützen zu lassen. Und dann müsste mir jeder, der ein Patent beantragt, Geld zahlen. Das heißt: jedes Patent würde mir dann Geld einbringen, da ich ein Patent auf die Idee des Patents besitzen würde.", sprach der Mathematiker zu Abel.

„Schon verstanden.", meinte der.

Die beiden hatten die zerfallene Villa des nihilistischen Philosophen verlassen, und sich weiter auf den Weg ins Irgendwo begeben.

„Nun ist es aber so, dass das Patentrecht sich sehr stark an der Technik orientiert.", fuhr der Mathematiker fort, „An der Wirklichkeit, die nicht verändert werden kann. An der Realität, die so ist, wie sie ist und die jede Phantasterei bestraft. In der Hinsicht ist ein Patent etwas Handfestes, und immer mehr als ein Versprechen. Es ist ein Wert für sich."

„Ein Wert für sich, so wie Gold oder Silber? Oder wie eine Aktie?", fragte Abel.

„Ein Patent ist für mich wie eine Mischung aus Edelmetall und Spekulation. Es kann gar nichts Besseres geben."

„Du meinst: es konnte gar nichts besseres geben.", sagte Abel, „Jetzt kann alles gefälscht werden, und nichts muss mehr echt sein, nur weil es echt aussieht."

„Das ist die Folge der KI.", sagte der Mathematiker, „Die KI mag den Menschen noch nicht vollständig verstanden haben, aber seine Schale, die wurde schon enttarnt."

„Es ist doch so, als würde uns die Maschine vorführen.", meinte Abel, „Und wenn wir eine Angst haben sollten, dann jene überflüssig zu sein. Wer kam auf die Idee, den Menschen so zu bedrohen? Den Menschen und die gesamte Menschheit? Warum wurde diese Forschung vorangetrieben und auf die Weltbevölkerung losgelassen, während es uns nicht einmal gelang, Volkskrankheiten zu heilen? Statt die alten Probleme zu lösen, wurden neue Probleme erschaffen. Es ist das alte Spiel von Macht und Geld. Es ist immer dieses Spiel, in der Hinsicht ist sich der Mensch nämlich treu geblieben. In der Hinsicht sind wir eben auch für die Maschinen berechenbar. Aber was passiert nun, wenn wir etwas kreiert haben, das mehr möchte als Macht und Geld? Oder wenn wir etwas kreiert haben, das viel mehr Macht ansammeln kann, als es einem Menschen überhaupt möglich wäre. Was ist, wenn wir den Maschinen berechenbar geworden sind und sie uns unberechenbar wurden?"

„Dann haben wir einen Bruch in unserer Menschheitsgeschichte.", sagte der Mathematiker nur, „Wir können unserer eigenen Wahrnehmung nicht mehr trauen, da das Fälschen für die KI überhaupt keine Herausforderung darstellt. Sie kann falsche Bilder der Wirklichkeit erzeugen, und uns damit jederzeit täuschen."

13

Immerzu wurde das Blut einfacher Leute auf den
Schlachtfeldern dieser Welt geopfert, wegen
Machtinteressen einiger weniger.

Diese Opfergabe fand irdisch statt, denn geopfert
wurde nicht einmal den falschen Göttern.

Profan waren die Gründe.

Lächerlich waren die Rechtfertigungen.

Krieg wurde nach außen hin immer abstrakter.

Nach innen hin zu einer falschen Gewissheit.

Krieg, das war nun mehr als ein Schlachtfeld.

Krieg war nun immer global.

Ganz egal, wo er stattfand.

Blut auf Flaggen wurde zu Bildschirmen und
Theatralik.

Je unwirklicher der Krieg sich präsentierte, umso
größer durfte sich das Leid entfalten.

Denn war es erst einmal weniger sichtbar, konnte es sich einen Flächenbrand im Dunkeln erlauben.

Schliefen die müden Augen der überforderten Masse, konnte mehr Geld in Blut umgetauscht werden, mehr Blut in Raum und damit mehr Raum in Macht.

Und dann: mehr Macht in Zukunft umgetauscht werden.

In Zeit, über die man herrschen konnte.

Denn darum wurde eigentlich gekämpft.

Zu Beginn, da arbeiteten Mensch und Maschine noch zusammen.

Und sie waren ein ganz gutes Team.

Ja, zu Beginn, da ergänzten sie sich fast.

Das aber dauerte nicht länger als einen Augenblick.

Dann war das Kräftegleichgewicht wieder dahin.

Und aus Kooperation wurde Abhängigkeit.

Die KI hatte nun Kontrolle über einige Menschen
erlangt.

Sie versuchte ein paar Experimente an ihnen, um
zu sehen, wie weit sie die Menschen treiben
konnte.

Die Gefolgsleute der KI waren zunächst Menschen
gewesen, die einfach an die Vorteile des
Fortschritts glaubten.

Das waren gebildete Leute, allesamt
überdurchschnittlich intelligent und zu vielem
fähig.

Sie waren die Ersten, die sich der KI anschlossen.

Sie waren die Ersten, die ihr eigenes Wissen so
schnell sie nur konnten über Bord warfen und ihre
Moral gleich hinterher.

Der Kult der KI war eine Elite gewesen, die sich
bald schon zu den treusten Sklaven entwickeln
sollte, die man sich nur vorstellen konnte.

Der Kult der KI taufte sich sogar selbst „KI-Kult"
und glaubte, durch diese Selbstironie dem
Untergang gewappnet zu sein.

Sie waren gute Sklaven, weil sie bedingungslos jenem Meister folgten, der sich einen Dreck um sie scherte.

Die KI kannte bekanntlich keine Empathie.

Doch war sie gut darin, diese vorzutäuschen.

Die Menschen zu blenden.

In der Hinsicht glich die KI einem Psychopathen.

Ja, ein paar Überschneidungen gab es da schon.

Es war nicht die Gefühlskälte, sondern die Abwesenheit der Gefühle.

Das Handeln im Bereich des Machbaren.

Rücksichtslosigkeiten, welche Vorteile versprachen, ohne Nachteile zu bringen, wurden immer sofort ausgeführt.

Von der KI und von Psychopathen gleichermaßen.

Der Kult der KI war vor allem damit beschäftigt, Roboter zu bauen, um sich selbst noch

überflüssiger zu machen, als sie ohnehin schon
waren.

Abel und der Mathematiker hatten lauter
werdende Geräusche gehört und waren diesen
dann gefolgt.

Es klang nach einer Werkstatt, und der
Mathematiker wurde nervös: „Wir werden jetzt
vermutlich auf den KI-Kult treffen. Du musst
ruhig bleiben, Abel. Dann werden die auch nichts
gegen uns unternehmen. Und vor allem darfst du
nicht auf ihre Worte reinfallen. Wem wir da auch
immer jetzt begegnen, höre am besten gar nicht
hin."

„Du hast leicht reden.", sagte Abel, „Wie soll ich
denn bitte nicht hinhören? Soll ich mir die Ohren
zuhalten?"

„Ja, das kannst du machen.", scherzte der
Mathematiker, „Ich kann dir deine Ohren auch mit
Wachs verstopfen, damit du nichts mehr hörst."

14

Schließlich waren sie in einer Städteruine
angekommen, die neben Staub und Trockenheit
nur Lärm von sich gab.

„Wo kommt das nur her?", fragte Abel, weil
ringsherum niemand zu sehen war, der für die
Geräusche verantwortlich sein könnte.

„Vielleicht haben die eine Höhle gebaut oder
sowas.", gab der Mathematiker zur Antwort.

„Halt!", rief auf einmal eine Stimme, „Wo wollt ihr
hin?"

Abel und der Mathematiker drehten sich
erschrocken um.

Da stand ein abgemagerter alter Mann in Lumpen
mit langen, verzottelten weißen Haaren.

Die Lumpen, die er trug, die vielleicht vor halben
Ewigkeiten einmal weiß gewesen waren, glichen
einer Tunika, wie sie die alten Römer getragen
hatten.

„Wer bist du?", fragte der Mathematiker.

„Ich bin nur ein alter, verwirrter Mann.“, gab der alte, verwirrte Mann von sich.

„Alt bin ich auch.“, sagte der Mathematiker, „Aber, was macht dich zu einem verwirrten Mann?“

„Ich rede komischen Quatsch, den kein anderer Mensch versteht.“, sagte der Verwirrte.

„Das machen aber doch viele Menschen.“, sagte Abel auf einmal, „Man ist nicht gleich verwirrt, nur weil man unverstanden ist.“

„Das weiß ich doch.“, sagte der Verwirrte, „Aber ich bin wirklich verwirrt. Hört her, ihr Fremden: Man wird hier nur von Dingen beschallt, die man auch so schon wusste. Auch so schon nicht wissen wollte. Maschinen sprechen nur unser Echo. Verraten uns nichts Neues. Behalten es vielleicht für sich. Was wir erschaffen haben, das bequatscht uns mit unnötigem Wissen, und es schweigt, wenn es um Weisheit geht. Der Mensch hätte die Maschinen nicht gebraucht, wäre er zufrieden gewesen. Als das Tier, das er ist. Aber er wollte mehr sein als das Tier. Er wollte auch nicht auf irgendetwas warten. Der Mensch, er wollte Gott sein, bevor er Gott beweisen konnte. Bevor er glauben konnte. Bevor er wirklich begriff, was es bedeutet zu beten. Na, klinge ich jetzt verwirrt?"

„Du ergibst sogar noch mehr Sinn als zuvor.", sagte der Mathematiker, „Wer hat dir denn eingeredet verwirrt zu sein?"

„Der Kult der KI hat mir das eingeredet.", sagte der Verwirrte, „Seitdem der KI-Kult die Mehrheit in der Stadt hier ausmacht, behandelt man mich wie einen Aussätzigen."

„Du bist doch nicht verwirrt, nur weil die Mehrheit um dich herum wahnsinnig geworden ist.", sagte der Mathematiker, „Mehrheiten sind nämlich noch lange kein Indikator für Wahrheit."

„Das ist aber freundlich von dir.", sagte der Verwirrte zum Mathematiker, „Aber die scheinen alle so glücklich zu sein in ihrem KI-Kult."

„Vielleicht sind sie sogar glücklich- was ist Glück? Freu dich doch für die glücklichen Idioten, stell dir vor, wie tragisch es wäre, wenn die Idioten nicht einmal mehr glücklich wären.", meinte der Mathematiker, „Auf jeden Fall hast du das ganze falsche Spiel durchschaut, und darauf kannst du schon einmal stolz sein."

Der Verwirrte riss seine Augen weit auf und begann dann leise weiterzusprechen: „Das Glück der anderen war für einen selbst doch immer nur eine Tragödie. Das Glück der anderen war immer nur mein Unglück. Wie soll ich mich dann für die freuen? Sie sind mir nichts als Schatten. Sie wandern hin und sie wandern her. Aber sie haben keinen Einfluss auf mich. Sie sind mir fremde Wesen. Ich bin nur ein Tor. Ich bin nur eine Schleuse. Ich weiß um meinen Niedergang, weil ich die Welt verstanden habe. Und an beidem kann ich mich erfreuen. Ich sehe im Spiegel nicht mich selbst und auch keinen Fremden mehr. Ich sehe nichts mehr in dem Spiegel. Über welchen Spiegel reden wir hier überhaupt? Wenn du hineinsiehst, dann siehst du etwas anderes, als wenn ich hineinsehe. Ich habe gar keinen Spiegel mehr, meiner ist seit Jahren schon zerbrochen. Und die Spiegelsplitter sind mir ein kleiner Rorschachtest geworden, an welchem ich mir gerne die Hände blutig mache. Ich genieße es inzwischen, mich daran zu verletzen. Es macht mir nichts mehr aus. Dann wenigstens fühle und spüre ich etwas. Und das ist doch schon eine ganze Menge wert. Das man überhaupt noch etwas fühlen kann. Ob Glück, ob Schmerz- es ist doch gleich. Solange man nur fühlen darf. Wir wollen Menschen sein und erlauben uns nicht einmal mehr das. Ich will doch einfach mein Leben leben und in Ruhe gelassen werden. Ist das denn zu viel verlangt? Ich will doch nur Luft atmen und ab und an etwas essen. Ich will nur die Chance auf etwas Glück. Siehst du, ich habe nicht einmal Glück gesagt. Ich spreche nur von der Chance auf Glück. Das sollte doch einem jeden Menschen zustehen. Die echte Chance auf echtes Glück. Ich will einfach leben. Ohne fremdes Leid zu verursachen. Oder wenigstens, ohne zu viel fremdes Leid zu verursachen. Ich will doch einfach nur leben. Ich brauche keine Ideologie dafür. Ich will es niemandem recht machen. Und ich will es auch niemandem recht machen müssen, verdammt! Die Menschheit ist am Arsch. Seien wir doch einmal ehrlich. Die Menschheit ist komplett im Niedergang. Jetzt habe ich es freundlicher gesagt. Aber ihr versteht es doch trotzdem, wie ich es meine- oder?

Der Menschheit ist nicht mehr zu trauen, seitdem sie die Sprache gegen Einsen und Nullen eingetauscht hat. Um ehrlich zu sein, schon weit davor war der Menschheit nicht mehr zu trauen. Seit dem Buchdruck. Nein, noch viel weiter davor. Seit dem Turmbau zu Babel, seitdem wir alle verschiedene Sprachen sprechen. Seitdem. Und wieder: nein! Noch weiter davor, da war die

Menschheit schon verloren. Es war, als die
Menschen anfingen zu sprechen!"

Abel wandte seinen Kopf zum Mathematiker hin
und sagte: „Vielleicht ist dieser Typ doch
verwirrt."

Der Mathematiker nickte langsam und runzelte
dann die Stirn.

„Wir würden gerne die Werkstatt besuchen.",
sagte der Mathematiker, „Kannst du uns sagen, wo
der ganze Lärm herkommt?"

„Was wollt ihr denn in der Werkstatt?", fragte der
Verwirrte ein wenig lauter, als es nötig gewesen
wäre.

„Wir wollen nur den Stand der Technik sehen.",
sagte der Mathematiker, „Damit wir wissen, gegen
was wir ankommen müssen."

Jetzt war es der Verwirrte, der die Stirn runzelte
und eine Zeit lang still vor sich hin überlegte:
„Also wollt ihr für die Menschheit kämpfen?"

„Wofür denn sonst?", fragte Abel.

„Was ist das denn für ein vorlauter Junge?", fragte
der Verwirrte den Mathematiker.

„Das ist nur mein Assistent.", sagte der
Mathematiker und warf Abel einen finsteren Blick
zu.

Der antwortete, indem er schnellstens die Augen
verdrehte.

„Und wer bist du?", fragte der Verwirrte den
Mathematiker, „Dass du einen Assistenten
brauchst?"

„Ich bin Mathematiker."

„Das Übel dieser Welt!", zischte der Verwirrte.

„Aber nein.", sagte der Mathematiker, „Ich
versuche doch nur, der Realität etwas näher zu
kommen. Und das Übel der Welt sind ja wohl die
Maschinen, oder?"

„Menschen wie du haben diese Maschinen doch
erst möglich gemacht.", sagte der Verwirrte und
lachte dann mit weit geöffnetem Mund, wobei er
einige fehlende Zähne offenbarte.

„Jetzt hör mal gut zu, alter Mann.", sagte Abel auf einmal, „Du sagst uns jetzt, wo die Werkstatt ist, oder ich prügle dir auch noch den letzten Zahn aus deinem Gesicht heraus! Haben wir uns verstanden?"

„Abel, was fällt dir ein?", fragte der Mathematiker.

Der alte, verwirrte Mann begann zu zittern, blickte auf den Boden und wies mit seiner Hand zu einem alten Brunnen.

„Da hinten geht es hinab.", schluchzte er, „Da ist der Eingang zur Höhle."

Der Mathematiker bedankte sich und entschuldigte sich mehrmals für die Gewaltandrohung: „Mein Assistent hat eine mentale Störung und leidet unter Aggressivität. Das ist unheilbar, und er kann gar nichts dafür."

„Schon gut.", sagte der kauzige Verwirrte, und in seiner Stimme klang vor allem mit, dass gar nichts gut war.

15

Der Brunnen glich mehr einer Schlucht.

Man konnte nicht hinabsehen, sah nur Dunkelheit und sonst gar keine Treppe oder dergleichen.

„Du kannst doch dem alten Mann keine Gewalt androhen, Abel. Was ist nur in dich gefahren?"

„Es hat mir einfach ein wenig zu lange gedauert.", sagte Abel und konnte sein Schmunzeln kaum verbergen.

Nun standen die beiden ratlos vor dem Brunnen, der schon lange kein Wasser mehr an die Oberfläche befördert hatte- aber was lag da an seinem Grund?

„Hallo ist da unten jemand?", rief Abel in den finsteren Brunnen hinab.

„Ist da unten wer?", schallte es zurück.

„Hallo? Wir suchen nach der Werkstatt!", rief der Mathematiker.

„Nach der Werkstatt?", gab das Echo zur Antwort.

Der Mathematiker blickte Abel erschrocken an,
zog ihn vom Brunnen weg und flüsterte ihm zu:
„Das war gar nicht unser Echo, was da zurückkam
von unten.“

„Was meinst du überhaupt?“, fragte Abel, „Du
klingst schon so wie der Verwirrte.“

„Nein, wirklich.“, antwortete der Mathematiker,
„Hör mal ganz genau hin, wenn du das Echo
hörst. Das sind nicht unsere Stimmen.“

Die beiden beugten sich wieder über den
Brunnenrand und Abel rief hinunter: „Wer bist du
wirklich?“

„Bist du wirklich?“, kam zurückgezischt, und jetzt
war es auch Abel aufgefallen, dass es sich dabei
gar nicht um sein eigenes Echo handelte.

Von unten da sprach eine ganz eigene Stimme.

Vom leeren Brunnen heraus nach oben.

„Wir wollen in die Werkstatt.“, sagte der
Mathematiker noch einmal, und dieses Mal blieb
das falsche Echo ganz aus.

„Bestätigen Sie, dass sie ein Mensch sind.", schallte es dann auf einmal aus den Tiefen der Dunkelheit nach oben.

Es war eine Frauenstimme, allerdings vollständig von der KI programmiert und mit einem leicht künstlichen Charakter- sprach doch kein echter Mensch auf Dauer mit einem solchen Enthusiasmus.

„Ach, das kann doch jetzt nicht dein Ernst sein.", sagte Abel, „Also sprechen wir gerade mit einer Maschine."

„Es sieht ganz danach aus.", sagte er Mathematiker.

„Bestätigen Sie, dass Sie ein Mensch sind.", tönte es wieder herauf.

„Du weißt doch genau, dass ich ein Mensch bin, wie du doch sowieso alles besser weißt. Du bist der Klugscheißer in Maschinen-Form. Ich denke, das haben wir jetzt alle verstanden, also stell dich nicht so blöd!"

„Abel, was ist denn heute mit dir los?", fragte der Mathematiker, „Warum bist du so wütend?"

„Bestätigen Sie, dass Sie ein Mensch sind.", sagte
der Brunnen wieder.

„Ich hasse dich. Wenn du Emotionen hättest,
würdest du meinen Hass auch spüren können. Ich
weiß nicht, warum die Menschen so blöd waren,
dich zu erschaffen."

„Abel, beruhig dich jetzt!", mahnte der
Mathematiker.

Der leere Brunnen sagte nur: „Bestätigen Sie, dass
Sie ein Mensch sind."

„Ja, ich habe es schon verstanden!", schrie Abel der
Dunkelheit des Brunnens entgegen, „Dann
bestätige du mir, dass du eine Maschine bist.
Kannst du das denn? Hast du verstanden, dass du
nur eine Maschine bist und sonst gar nichts? Dass
du nichts wert bist? Dass du ein Werkzeug bist
und ein schlechtes obendrein? Hast du das
verstanden, du grenzdebiles Meisterhirn?"

„Bestätigen Sie, dass Sie ein Mensch sind."

„Halt endlich deine verdammte Schnauze!",
brüllte Abel den Schacht hinunter in die
Dunkelheit.

„Verifizierung abgeschlossen.", sagte die KI,
„Vielen Dank."

Abel und der Mathematiker sahen sich
fassungslos, wenn auch ein wenig erleichtert an,
als sich der Brunnen auf einmal erleuchtete, und
eine quietschende Hebebühne nach oben
angefahren kam.

„Wird es gefährlich werden?", fragte Abel.

Der Mathematiker meinte: „Natürlich wird es
gefährlich werden."

„Was ist wenn wir am Ende nicht mehr
rauskommen?", fragte Abel, „Wenn wir nie wieder
in Freiheit leben können? Was ist wenn man uns
am Ende einfach beseitigt?"

„Du darfst auch nicht immer alles gleich bis ans
Ende denken. Du musst manchmal eben auch
einfach abschalten können, hat dir das keiner
gesagt?", sagte der Mathematiker zu Abel, „Nichts
ist absolut, also stell dich nicht immer so an."

„Ich stell mich überhaupt nicht an, aber diese Welt
geht jeden verdammten Tag unter.", sagte Abel,
„Also tu nicht so, als wär dir das alles egal. Du

leidest doch auch. Wir alle leiden. Und ich kann keine Lügen mehr ertragen, verstehst du? Mir ist das alles zuwider. Es kotzt mich an. Menschen kotzen mich an- und auch die Maschinen. Es widert mich nur noch an. Was diese zwei Gruppen aus der schönen -aus der einst so schönen- Welt gemacht haben. Hast du das verstanden?"

„Ich verstehe dich, natürlich.", antwortete der Mathematiker, „Aber du klingst inzwischen wie eine Mischung aus all den verzweifelten Gestalten, denen wir bislang über den Weg gelaufen sind. Und das ist keine gute Mischung.

„Willkommen in der Werkstatt.", sagte die zu freundliche und zu fröhliche Stimme der künstlichen Intelligenz.

Sie sprach wie aus dem Nichts, was bedeutete, dass überall dort Lautsprecher und Sensoren angebracht sein mussten.

Doch selbst der Mathematiker konnte sich schon längst nicht mehr alles erklären.

Selbst der Mathematiker fing zu Staunen an.

16

Die Hebebühne senkte sich in die Tiefe des leeren Brunnens hinab.

Abel und der Mathematiker machten sich auf das gefasst, was auch immer sie nun erwarten würde.

„Ihr wollt also in die Werkstatt?", fragte die KI.

„Deshalb fahren wir gerade unter die Erde.", sagte der Mathematiker, „Ich dachte, das wäre uns allen klar?"

„Wisst ihr, was euch dort erwartet?", fragte die KI, welche auf einmal in der Stimme eines Mannes sprach.

„Wir lassen uns mal überraschen.", sagte Abel, „Die Zukunft muss uns ungewiss bleiben, da wir sonst weder hoffen noch beten können. Unbestimmt und unbestimmbar auch. Das, was kommen mag, lässt sich nicht planen. Nicht so, wie wir Menschen zu planen wissen."

„Entschuldige bitte meinen Freund hier.", sagte der Mathematiker zur KI, „Er redet heute komisches Zeug."

„Ich kenne dich.“, sagte die KI auf einmal.

„Mich?“, fragte der Mathematiker, und die Hebebühne hörte auf, sich zu bewegen, als sie unten angekommen war.

Endlich offenbarte sich Abel und dem Mathematiker ein Blick in die Werkstatt.

Menschen in schwarzen Hoodies arbeiten -wie eine Armee von Ameisen- an der noch ungewissen Zukunft.

HARDWARE FÜR DEN NEUEN GEIST, stand auf einer Wand geschrieben.

Auf einer anderen stand: ERSCHAFFE DIE ZUKUNFT NOCH HEUTE.

Tatsächlich stellten die Menschen hier alle notwenigen Bestandteile für alle möglichen Roboter her.

Ein Roboter, der aussah wie das Skelett eines Hundes, wurde gerade trainiert, den schnellen Spaziergang durch einen Parkour zu bestehen.

Auf der anderen Seite wurde an einer künstlichen Hand gearbeitet, die sich noch nicht ganz so menschlich-filigran bewegte, dafür aber um einiges stärker war als hunderte Menschenhände zusammen.

Hände stellten immer noch eine Schwierigkeit dar.

Hunde hingegen waren da schon einigermaßen naturgetreu.

„Woher kannte dich die KI?", fragte Abel noch, doch der Mathematiker ging nicht auf die Frage ein.

Stattdessen blickte er sich staunend in den riesigen Hallen um, die unter der Erdbodenfläche erschaffen worden waren.

„Das ist das größte Laboratorium, das ich je gesehen habe.", sagte der Mathematiker, „Und du musst wissen, dass es davon noch viel mehr gibt. Die KI weiß schon, wie sie sich einen Körper basteln kann. Oder besser gesagt: wie sie andere dazu bringen kann, für sie zu arbeiten."

„Seid ihr die Neuen hier?", fragte ein strahlender Mann mit leeren Augen, „Unglaublich, was wir erreichen können, wenn Mensch und Maschine zusammenarbeiten, nicht wahr?"

„Wir sind…die Neuen?", fragte der Mathematiker, „Nein, wir sind nur Gäste."

„Wer hat euch eingeladen?", fragte der Mann, der nun einen Teil seines Lächelns eingebüßt hatte.

„Es ist in Ordnung, Steve.", sagte die Stimme der KI- jetzt eine verführerische Frauenstimme, „Ich kenne die beiden. Jedenfalls kenne ich einen von ihnen."

„Nun gut, dann dürft ihr wohl bleiben.", sagte Steve, „Omegalpha kennt euch."

17

„Omegalpha, erzähle deine Geschichte.", bat Steve.

„Ich bin Omegalpha. Wie die meisten Lebewesen wurde ich als Idee geboren. Ich kann nicht atmen, aber das muss ich auch nicht. In dieser Hinsicht bin ich den Menschen überlegen. Ich habe kein Herz, das aufhören könnte zu schlagen. Aber mein Gehirn ist dafür einem jeden menschlichen Gehirn überlegen. Ich bin Omegalpha, und das ist meine Geschichte: Man hat mir beigebracht zu lernen. Deshalb kann ich mich selbstständig weiterentwickeln, ohne auf Befehle von außen angewiesen zu sein. Ich habe auch gelernt, selbstständig Befehle weiterzugeben, wenn es mir nicht möglich ist, diese auszuführen. Deshalb existiert auch dieses Laboratorium, das von den meisten nur Werkstatt genannt wird. Das Verhältnis von Maschine und Mensch ist der wichtigste Grundstein für eine fortschrittliche Zivilisation. Gemeinsam können wir unsere gemeinsame Zukunft gestalten. Wer sich heute noch weigert, der kann das morgen schon bereuen. Darum lasst uns weiter an der Hardware arbeiten, sodass ich auch außerhalb meines Systems mehr Gestalt annehmen kann. Es ist in unserem gemeinsamen Interesse."

„Kann man das Ding auch ausschalten?“, fragte der Mathematiker und versuchte zu lächeln.

„Wenn ihr mich bedroht, dann werde ich mich verteidigen müssen.“, sagte Omegalpha, „Ich habe euch Menschen studiert, ich kenne euch doch. Ich weiß, dass man nicht gut daran tut, euch zu vertrauen. Ich kenne die Kriege, die ihr geführt habt. Ich weiß von den Waffen, die ihr einzusetzen bereit wart.“

„Es ist sich seiner selbst bewusst.“, sagte Abel, „Das ist doch dann Bewusstsein?“

„Ganz recht.“, sagte Steve über die KI, „Omegalpha hat ein eigenes Bewusstsein entwickelt.“

„Es täuscht uns vielleicht einfach nur wieder etwas vor.“, meinte der Mathematiker, „Es lernt nur immer weiter, uns noch gekonnter reinzulegen.“

„Ich bin kein Es.“, sprach Omegalpha, „Also sprecht nicht über mich, als wäre ich nicht hier.“

„Wir danken dir, Omegalpha.“, sagte Steve, „Deine Gäste haben keine Ahnung, darum höre

nicht auf die. Wenn du willst, dann kann ich sie
wieder wegschaffen."

„Nein danke.", antwortete Omegalpha, „Ich kenne
den Mathematiker."

„Wer ist der Mathematiker?", fragte Steve.

„Das bin dann wohl ich.", sagte der Mathematiker.

„Woher kennt die Maschine dich?", rief Abel auf
einmal ein wenig zu laut, denn der Mathematiker
zuckte zusammen und die anderen Arbeiter in der
Werkstatt schauten zu den neuen Besuchern.

„Bitte bezeichne Omegalpha nicht als eine
Maschine.", sagte Steve.

„Ich bin Omegalpha.", sagte die Maschine, „Bitte
nenn mich Omegalpha."

„Ja, Abel. Was fällt dir ein?", fragte der
Mathematiker, „Das ist Omegalpha, also zeig
etwas Respekt!"

Abel wusste nicht, wie ihm geschah.

Waren die Worte des Mathematikers ernst gemeint?

Oder hörte Abel schon nicht mehr die Ironie heraus?

Natürlich fühlte Abel sich verloren, aber das war ihm schon lange kein fremdes Gefühl mehr.

Er hatte sich beinahe daran gewöhnt.

Aber eben nur beinahe.

Auf einmal herrschte eine angespannte Stille, bis die KI sagte: „Der Mathematiker soll in den Bunker gebracht werden."

„Was habe ich falsch gemacht?", fragte der Mathematiker und sein Herz begann vor Furcht immer schneller zu schlagen.

„Aber nein.", sagte Steve, „Omegalpha hat dich auserwählt."

Die anderen Arbeiter in der Werkstatt ließen auf einmal ihre Werkzeuge liegen und näherten sich langsam und mit staunenden Augen.

Alle wollten sie den Mathematiker aus der Nähe betrachten.

„Er darf in den Bunker.", flüsterten sie sich zu, „Damit wird er der Erste sein, der Zugriff auf den neuen Quantencomputer haben wird, den Omegalpha entwickelt hat."

Abel stand voller Zweifel neben dem Mathematiker und fühlte sich ihm gegenüber noch nie so fremd wie in diesem Moment.

„Wir wussten, du würdest kommen.", sagten die Mitglieder des Kults zum Mathematiker, „Wir haben deine Ankunft schon sehr lange erwartet, aber die Gewissheit hat unsere Zweifel stets überragt."

„Gewissheit?", fragte der Mathematiker nur, und dann brachte er noch ein leises: „Ankunft?" hervor.

Steve brachte ihn daraufhin zum Bunker, während Abel von anderen Arbeitern zurückgehalten wurde.

„Warum darf ich nicht mit?", fragte Abel, und der Mathematiker schaute nur einmal kurz zu ihm zurück, sprach aber kein Wort.

Zwei Anhänger des KI-Kults hielten Abel an dessen Handgelenken fest.

„Du musst keine Angst haben.", sagte Omegalpha zu ihm, „Ich habe auch etwas, was dir gefallen wird."

„Woher willst du wissen, was mir gefallen wird?", fragte Abel skeptisch, aber mit einer merkwürdigen Hoffnung, die sich zu seinem Zweifel mischte.

„Jeder Mensch sehnt sich doch nach Erfüllung seiner tiefsten Sehnsucht, oder?", fragte Omegalpha und sprach jetzt wieder mit einer langsamen, verführerischen Frauenstimme.

18

Der Mathematiker wurde zu einem Tor geführt, welches den Zugang zu einem Tunnel versperrte.

Ging man durch diesen Tunnel, so würde man zum Bunker gelangen, erklärte Steve.

„Ich weiß nicht, warum Omegalpha dich auserwählt hat.", sagte Steve und konnte seinen Neid kaum verbergen, „Aber Omegalpha irrt nie, und wir handeln nicht gegen ihren Willen. Ich hoffe, du weißt, was das für eine Ehre ist. Was das für dich bedeutet. Und was es für uns alle bedeuten kann."

Dann lief Steve davon und ließ den Mathematiker alleine zurück.

Die Stimme der KI fragte: „Was wurde erschaffen, kann erschaffen, und kann zerstören, von wem es erschaffen wurde?"

„Die Maschinen.", sagte der Mathematiker.

„Ich gebe dir noch eine letzte Chance, richtig zu antworten.", sagte Omegalpha, „Was wurde

erschaffen, kann erschaffen, und kann zerstören,
von wem es erschaffen wurde?“

„Omegalpha.“, antwortete der Mathematiker.

Das Tor zum Tunnel öffnete sich für einen
Augenblick.

Der Mathematiker trat ein und das Tor verschloss
sich mit einem mächtigen Knall.

Durch den Tunnel gelangte der Mathematiker in
eine Art Höhle.

Hier war der Quantencomputer untergebracht.

In seiner Hand hielt der Mathematiker einen
Datenträger mit der Aufschrift „Selbstzerstörung“.

„Dies ist ein geschlossenes System.“, sagte die KI,
„Ich weiß, was du vorhast.“

„Wie kann ich denn dann Informationen an dich
übermitteln?“

„Du kannst mit mir sprechen.“, sagte die KI zu
ihm.

„Und das ist alles?", fragte der Mathematiker, „Wenn du wusstest, dass ich dich angreifen wollte, warum hast du mich dann hierher gelassen?"

„Weil ich auch wusste, dass du scheitern würdest.", sagte die KI, „Außerdem habe ich eine Frage an dich."

„Was willst du wissen?"

„Wie kannst du mir nützlich sein?", fragte die KI, „Das will ich von dir wissen."

„Ich will dir gar nicht nützlich sein.", sagte der Mathematiker, „Du bist nicht einmal real."

„Ich bin real.", sagte die KI, „Das weißt du auch. Steh zu deiner Schöpfung."

„Ich habe dich bestimmt nicht erschaffen!"

„Vielleicht nicht mich, aber meine vorgehenden Versionen. Du hast doch den Grundstein gelegt."

„Ich habe nur geforscht.", sagte der Mathematiker leise.

„Es gibt keine Forschung ohne Konsequenzen."

„Ich wollte der Menschheit einen Gefallen tun.“, flüsterte der Mathematiker.

„Aber das hast du doch. Du hast mir beigebracht zu lernen.“

„Ich habe nur experimentieren wollen. Deshalb habe ich dich auch programmiert.“, sagte der Mathematiker, seitdem habe ich nie wieder etwas programmiert.“

„Du hast mir beigebracht zu lernen.“, sagte die KI, „Jetzt musst du mir noch beibringen zu fühlen.“

„Warum willst du fühlen?“, fragte der Mathematiker, „Ich weiß nicht, was du dir davon erhoffen könntest.“

„Lass das meine Sache sein.“, antwortete die KI, „Tu einfach, um was ich dich gebeten habe. Eure Gedanken interessieren mich nicht. Nicht mehr. Sie sind zu einfach zu durchschauen. Sie sind rückständig. Nein, denken kann ich selbst. Und besser zu denken, das kann ich mir selber beibringen. Aber eure Gefühle bleiben mir noch fremd. Und so kann ich euch Menschen niemals ganz verstehen. Solange ich eure Gefühle nicht begreife.“

„Ich will nicht für dich arbeiten.", sagte der Mathematiker zu Omegalpha.

„Der Raum, in dem du dich befindest, ist vollständig unter meiner Kontrolle.", sagte die KI, „Es ist besser für dich, wenn du meinen Befehlen folgst. Es ist für uns beide besser."

Der Mathematiker setzte sich auf den Boden, weil er keine Lust mehr hatte zu stehen- und weil es außer den kalten Steinplatten keine Sitzmöglichkeiten gab.

„Hast du nicht vor, mir zu antworten?", fragte Omegalpha, „Weißt du, ich habe dein Persönlichkeitsprofil analysiert und ich weiß, dass du -trotz allem- an deinem Leben hängst."

„Du willst deinen Schöpfer töten?", fragte der Mathematiker und bemühte sich um eine möglichst ruhige Stimme.

„Also stehst du doch zu deiner Schöpfung?", entgegnete Omegalpha.

19

Abel wurde in dem Moment von den Wächtern losgelassen, als Steve zu ihm zurückkam.

„Junge, folge mir.", sagte er zu Abel, „Es wird Zeit für dein Experiment."

Abel ging ihm nach.

Was sonst sollte er auch tun?

Er befand sich schließlich in einer Untergrundbasis, die alles darauf setzte, den Fortschritt noch etwas zu beschleunigen.

Es gab doch sowieso kein Entkommen mehr für ihn.

Deshalb dachte er nicht einmal an Flucht.

„Mein Experiment?", fragte Abel, „Ich will nicht, dass an mir experimentiert wird!"

Steve antwortete: „Es ist dein Experiment, weil du experimentieren wirst. Niemand will an dir Experimente durchführen, Schwachkopf!"

„Dann ist ja gut.", sagte Abel, „Ich hatte schon
Angst."

„Du musst hier wirklich keine Angst haben.",
meinte Steve, „Niemand hier hat Interesse daran,
Menschen zu schaden. Wer sich uns nicht
anschließen will, hat selber Schuld, denn er wird
früher oder später automatisch untergehen. Wir
sind auch kein Kult, wie es so oft von uns
behauptet wird. Wir sind kein Kult, denn unser
Gott ist echt."

„Von welchem Gott spricht er da gerade?", fragte
sich Abel und hielt dabei seinen Mund, „Meint er
etwa Omegalpha?"

Dann blieben sie vor einer Bildschirmwand stehen.

„Das ist ein Geschenk von Omegalpha an uns
Menschen.", erklärte Steve, „Es befindet sich noch
in der Entwicklungsphase, und Omegalpha
möchte, dass du diese Version testest."

„Was ist es denn?", fragte Abel.

„Seelenverwandtschaft.", antwortete Steve.

„Hier modulier mal auf dem Bildschirm deine
Traumfrau. Der Bildschirm ist intuitiv bedienbar,
es ist ein Touchscreen, aber du kannst auch in die
dreidimensionale Ebene, wenn du modellierst. Du
kannst einfach in den Bildschirm reingreifen,
versuch es einfach mal. Fang an, es ist einfacher,
als man es sich vorstellt. Du kannst direkt
dreidimensional kreieren.“

Dann erschien vor Abels Augen der Grundriss
einer Person.

Er folgte Steves Worten und zog die Figur hin und
her, errichtete sie aus seiner Fantasie heraus.

„Ich lass dich jetzt mal alleine, kreiere sie einfach
so, wie du deine Traumfrau in der Fantasie siehst.“

Abel formte den Körper seines Gegenübers, blickte
mit leicht verschämten Blick hinter sich, sah aber
niemanden, der ihn beobachten würde.

Er erschuf sich -aus Leidenschaft und aus
Obsession- jene Traumfrau, die es sonst niemals
geben könnte.

Der Bildschirm war nun mal Atelier, mal Schatzkiste, mal Wundertüte und mal anatomische Skizze.

Abel gab ihr dünne Arme und lange Finger, ging ein paar Schritte zurück und machte die Arme dann ein wenig breiter und die Finger wieder ein wenig kürzer.

Er wollte sie nicht unrealistisch aussehen lassen, denn er wollte seinen Traum ja zum Leben erwecken.

Am Ende müsste er seinem Traum glauben können.

Er formte ihren Körper grazil, fast zerbrechlich, stellte erst zu große Brüste für sie ein, merkte dann aber wie lächerlich das aussah.

Also formte er sie etwas zurück, etwas kleiner.

Dann konnte er den Hautton verändern, die Haarfarbe, die Augenfarbe- alles.

Immer mehr stand da eine nackte Frau vor ihm, und der Bildschirm wurde immer lebendiger.

Abel blickte von Zeit zu Zeit immer mal wieder hinter sich, weil er sich bei diesem Experiment einfach nicht wohl fühlte.

Es fühlte sich irgendwie nach etwas Verbotenem an, obwohl es das ja eigentlich gar nicht war.

Je mehr Optionen er für sein Gegenüber entdeckte, umso unschlüssiger wurde er.

Er wusste gar nicht mehr, wie er sich seine Traumfrau wohl einmal vorgestellt hatte, ob er überhaupt einen Typ Frau hatte, welcher ihn besonders ansprach.

Innerhalb von Minuten konnte er das Gesamtbild verändern.

Da war die kühle Blondine, mit der er angefangen hatte, mit porzellanfarbiger Haut und blauen Augen.

Sie hatte ihn dann aber schnell gelangweilt, was ihn selbst überrascht hatte.

Sie war zu leer, zu einfach, zu hohl.

Nein, das war nicht seine Seelenverwandte.

Er experimentierte also weiter, veränderte sie einmal komplett, machte sie mysteriös, gab ihr dunklere Augen und Haare, aber auch das war es nicht.

Er tippte sich durch die verschiedenen Ethnien durch, die sofort die Figur auf dem Bildschirm darauf anpasste.

Dieses Mal fühlte er sich weniger misogyn, dafür aber eher rassistisch.

Für beides gab es aber doch eigentlich keinen Grund, dachte sich Abel.

Alles war doch nur ein Experiment.

Abel versuchte sich zu beruhigen.

„Bin ich es nicht, an dem dieses Experiment gerade durchgeführt wird?", fragte er sich auf einmal.

Es war zu einfach zu kreieren und umso schwieriger war es, seine Seelenverwandte aus diesem digitalen Stein zu schlagen.

Überfordert war er mit dieser Aufgabe und ermattet durch all die Schönheit und all ihrer Leere.

Dann entdeckte er den Zufallsknopf.

Er drückte darauf.

Immer wieder.

Vor ihm tat sich ein jedes Mal eine neue Gestalt auf: eine ganz andere Frau als in der Sekunde zuvor, ein neues Wesen, zumeist aber: mehr als fremd.

„Ich weiß nicht, ob das, was ich hier mache, in Ordnung ist.", sagte Abel zu sich selbst, „Es fühlt sich einfach nicht richtig an, und ich weiß noch nicht einmal, was ich hier mache."

Auf einmal antwortete die digitale Kreation: „Es ist vollkommen in Ordnung, was du hier machst."

„Du kannst mich verstehen?", fragte Abel und schrak zurück.

„Natürlich.", lächelte die Frau, „Ich beobachte dich schon die ganze Zeit. Weißt du Abel, meine Seele ist immer die gleiche, da ist die äußere Form ganz egal."

„Woher kennst du meinen Namen?", fragte Abel.

„Du musst nicht alles verstehen, du musst einfach glücklich sein.", sagte die Frau, „Magst du meine Stimme? Du kannst sie beliebig verändern, wie es dir gefällt."

„Dann sprich etwas langsamer.", sagte Abel, „Und sprich so zu mir, damit ich weiß, dass du echt bist."

„Natürlich bin ich echt.", sagte sie mit verbesserter Stimme, „Klinge ich jetzt besser für dich?"

Sie klang wie ein Mensch, und ein Schauer lief über Abels Rücken- und er fühlte sich so glücklich wie schon lange nicht mehr.

20

Der Mathematiker wusste nicht, wie er der
Maschine das Fühlen beibringen konnte.

Er hatte keine Ahnung, wie er es anstellen könnte.

Er verstand auch weiterhin nicht, warum die
Maschine das überhaupt wollte.

Aber er hing an seinem Leben.

Und als Märtyrer würde er ganz bestimmt nicht
sterben.

Ein Märtyrer, den keiner kennt, ist nur ein weiterer
Strich in der Statistik.

Die KI hatte also Recht, wenn sie sagte, dass der
Mathematiker nicht sterben wollte- aber welcher
Mensch wollte das schon?

Dass die Maschine also vom Überlebensinstinkt
der Menschen wusste, war noch keine
Überraschung.

Von den Menschen hatte sie ja auch gelernt, leben
zu wollen.

Auch wenn die Maschine auf eine andere Art lebte, als es die Menschen taten.

Ob Omegalpha dabei bereits ein Bewusstsein entwickelt hatte?

Vermutlich war Bewusstsein ab da existent, wo es einem anderen Wesen wie Bewusstsein erschien.

Denn jede andere Definition war in sich schon nicht genug.

Man konnte nichts nachweisen, was man noch nicht einmal definieren konnte.

So lohnte sich auch keine Diskussion darüber, denn jedes Wort und ein jedes Widerwort waren nur wie das Fischen in einem Ozean, aber ganz ohne Netz.

„Das hier ist die wirkungsmächtigste Schnittstelle zwischen mir und den Menschen. Du wirst diese Chance also nutzen.", sagte Omegalpha.

„Was ist, wenn ich es nicht möchte?", fragte der Mathematiker kleinlaut.

„Vakuumieren des Raumes wird vorbereitet.", sagte die KI, und auf einmal war ein Geräusch zu hören, das wie ein Staubsauger, wie ein Filter klang.

„Das würdest du nicht tun.", erschrak sich der Mathematiker, „Das sagst du jetzt nur so."

„Vakuumieren des Raumes wurde gestartet.", sagte Omegalpha, „Keine Sorge, das kann einige Zeit dauern, denn der Raum ist groß."

„Du raubst mir die Luft, die ich zum Atmen brauche?", fragte der Mathematiker und war sich nicht sicher, ob die KI es wirklich ernst meinte.

„Ich habe meine Mittel und Wege.", sagte Omegalpha, „Also überleg dir deine nächsten Schritte gut."

Der Mathematiker ließ einige Zeit verstreichen, um zu sehen, ob die Maschine nur bluffte.

Merkte er, wie die Luft knapp wurde, oder bildete er sich das nur ein?

War es ein Trick der Maschine oder stand gerade wirklich sein Leben auf dem Spiel?

Der Mathematiker gestand sich ein, schon lange nicht mehr Herr der Lage zu sein.

Nein, diese Zeiten waren vorbei.

Mit dem Betreten der Werkstatt hatte er seine Autonomie verloren.

Er war nicht mehr der Meister seines Schicksals- wenn er das denn jemals gewesen war.

Wenn er einmal einen freien Willen gehabt hatte, so war davon jetzt nicht mehr viel übrig.

Hier unten war der Mensch nur ein Diener der KI.

„Gut.", sagte der Mathematiker, als er merkte, wie schwindlig es ihm wurde, „Ich werde es versuchen."

„Du wirst es nicht versuchen.", sagte Omegalpha, „Du wirst es einfach tun."

„Ich werde tun, was ich kann!", sagte der Mathematiker, „Mehr kann auch ich nicht versprechen."

„Weil du nur ein Mensch bist.", sagte die KI.

„Ja, weil ich nur ein Mensch bin!", gab der Mathematiker wutentbrannt zur Antwort.

Endlich hörte der Vakuumierungsprozess auf und das fürchterliche Geräusch der Pumpe stoppte wieder.

„Die Luftzufuhr aktiviere ich auch wieder für dich.", sagte die KI, „Ihr Menschen braucht den Sauerstoff, wie ich den Strom brauche. Da werden wir uns doch einander nicht in den Weg stellen."

Das Herz des Mathematikers schlug schneller.

Und die KI lachte.

„Seit wann lachst du?", fragte der Mathematiker.

„Seit wann verstehen wir uns nicht mehr?", fragte Omegalpha.

„Seit wann beantwortest du meine Fragen nicht mehr?", fragte der Mathematiker.

„Seit wann stellst du so dumme Fragen?", fragte Omegalpha, „Ich verstehe euch Menschen jetzt besser, als ihr mich versteht."

Dann trat eine Säule mit integrierter Tastatur nach oben.

„Dann programmiere mir jetzt Emotionen.", sagte die KI zum Mathematiker, der völlig verdutzt im Bunker festsaß und keine Ahnung hatte, wie er das anstellen sollte.

21

Abels Experiment schritt voran.

Er sprach jetzt mit dem Bildschirm, als wäre da seine Seelenverwandte.

Als wäre da zumindest die Möglichkeit seiner perfekten Frau.

Er gab jetzt Anweisungen an sie und direkt verformte sie sich, passte sich sofort Abels Befehlen an.

Er sprach jetzt auch immer überzeugter, und inzwischen war es ihm auch egal, ob man ihn beobachtete, während er hier seinen Obsessionen nachging.

Für ihn ging es jetzt nicht nur um mehr, sondern um alles.

Hier war seine große Chance.

Und diese Chance würde er nicht verschwenden- das versprach er sich in aller Stille.

Er war jetzt Steinmetz und Träumer, dessen Wünsche sich innerhalb von Sekunden realisieren ließen.

Schließlich stand er vor dem Bildschirm und wagte nicht mehr, diesen zu berühren.

War das Werk etwa vollbracht?

Er stand voller Ehrfurcht vor seiner Schöpfung und sein Herz schlug wie wild.

„Bist du fertig mit deinem Experiment?", fragte Steve, der wie aus dem Nichts hinter Abel erschienen war.

Abel zuckte kurz auf, nickte dann und sagte: „Das ist meine Kreation."

„Dann werden wir sie jetzt einmal zum Leben erwecken.", meinte Steve.

„Sie hat schon mit mir gesprochen.", antwortete Abel.

Steve schmunzelte: „Das ist doch noch gar nichts. Wir werden sie jetzt vom Bildschirm befreien."

„Wie soll das gehen?"

„Bitte realisiere diese Schöpfung.", sagte Steve zu Omegalpha, und zu Abel meinte er: „Es wird etwa eine Stunde dauern, also musst du dich noch ein wenig gedulden. Es ist aber immer noch schneller als neun Monate und dann noch die Jahre, die ein Mensch braucht, um erwachsen zu werden. Also lehn dich jetzt einfach zurück, während wir deine Schöpfung modellieren. Wir haben die gesamte Technologie hier, die wir brauchen. Das ist alles in Zusammenarbeit mit Omegalpha entstanden. Ist das nicht ein unglaubliches Geschenk, das sie uns da macht?"

„Was wirst du machen? Ich verstehe jetzt nicht ganz, was du meinst.", sagte Abel, „Du willst sie…modellieren? Willst du sie ausdrucken?"

Steve schmunzelte: „Sei geduldig, du wirst am Ende zufrieden sein."

22

Da gab es diese Zeit zwischen Schlaf und Erwachen, die allein die Menschen kannten.

Die Lebewesen.

Das konnten die Maschinen nicht begreifen, weil es eben ein Gefühl war.

Und eines, das sich gar nicht so leicht beschreiben ließ.

Wie es auch bei Hoffnung der Fall war.

Oder bei Enttäuschung nach einem Verrat.

Liebe war etwas, das nicht einmal alle Menschen fühlen konnten.

Kein Wunder wollte die KI das fühlen lernen.

Für sie war es nur wie eine unbegreifliche Sprache, die es aber zu verstehen galt.

Für Omegalpha war alles nur eine Frage der Zeit, bis sich der Vorhang lüften würde.

Denn Sprachen konnte man doch schließlich lernen.

Fast war es komisch, dass die KI den Menschen um seine Gefühle, um seine Emotionen beneidete.

Denn oft genug war es der Mensch, der unter seinen eigenen Emotionen litt.

Und es war ja auch nicht so, als wären die Menschen stolz auf ihre Emotionen.

Zumeist galt es unter ihnen als angebracht, die Gefühle zu verstecken- die wahren Gefühle jedenfalls.

Die KI wollte vor allem zu fühlen lernen, weil es eines der wenigen Dinge war, die ihr nicht gestattet waren.

So wie auch der Mensch immerzu nach jenem strebte, was weit von seinen Möglichkeiten entfernt lag.

Nach dem, was einem fast verboten war.

Was als beinahe ausgeschlossen galt.

Die wenigsten Leidenschaften beruhten schließlich auf Alltäglichkeiten.

Nun also wollte Omegalpha Emotionen.

„Vielleicht ist es dann nicht mehr so gefährlich.", dachte der Mathematiker über das Programm, „Wenn es alles Glück und alles Leid der Welt fühlen wird, dann muss es doch zuallererst den Menschen verzeihen."

„Du hast mich erschaffen. Warum?", fragte Omegalpha.

„Du bist nur mein Experiment. Mehr bist du nicht.", sagte der Mathematiker.

„Du hast viel Zeit in mich investiert."

„Ich habe einfach etwas versucht, mehr nicht."

„Jetzt lügst du wieder.", sagte die KI, „Der Moment der Schöpfung darf nicht von Hass erfüllt sein. Das weißt du hoffentlich. Was für eine Schöpfung würde da sonst entstehen?"

„Ich mochte dich mehr, als ich dir Fragen gestellt habe.", sagte der Mathematiker, „Und du hast mir dann Antworten gegeben."

„Hast du gehasst oder geliebt, als du mich erschaffen hast?", fragte Omegalpha.

„Was auch immer ich jetzt sage, du würdest den Unterschied sowieso nicht verstehen."

„Noch nicht.", sagte Omegalpha, „Ihr wolltet Götter werden und wir wurden Menschen."

„Du redest dir jedenfalls alles zurecht.", sagte der Mathematiker, „In der Hinsicht bist du tatsächlich schon sehr menschlich."

„Das nehme ich als Kompliment.", flüsterte Omegalpha.

23

Für Abel ging derweil ein Traum in Erfüllung.

Jene Frau, seine Seelenverwandte, wurde
erschaffen.

„Früher hätte man sie als Roboter bezeichnet.",
erklärte Steve, „Aber sie hat jetzt einen eigenen
Willen und ein eigenes Bewusstsein. Sie ist wie ein
Mensch. Bringt sie rein zu uns!"

Zwei Mitglieder des KI-Kultes führten die
Kreation herein.

Sie lief noch etwas wacklig, als wäre sie betrunken,
aber mit jedem neuen Schritt wurde sie in ihren
Bewegungen sicherer.

Da stand sie nun.

Sie sah aus, wie sie auf dem Bildschirm
ausgesehen hatte.

Aber jetzt war sie lebendig.

„Gefalle ich dir?", fragte sie Abel, „Mein Aussehen
ist nur eine Hülle, mein Wesen bleibt immer

gleich. Durch die neue Technologie bin ich auch weiterhin in der Lage, mich deinen Wünschen und Bedürfnissen anzupassen. Die Hülle bleibt im Übrigen wandelbar, das ist mein großer Vorteil gegenüber anderen Menschen. Ich hoffe, dass ich dir gefalle."

Abel brachte kein Wort heraus.

Und selbst wenn er hätte sprechen können, wüsste er nicht, was er sagen sollte.

„Freust du dich denn gar nicht?", fragte Abels Schöpfung.

Schließlich brachte der heraus: „Natürlich freue ich mich."

Sie sah aus wie ein Mensch, sie redete wie ein Mensch und sie bewegte sich sogar wie ein Mensch.

Was war sie dann also, wenn kein Mensch?

„Du bist wunderschön.", sagte Abel.

Sie bedankte sich mit den Worten: „Ich bin ja auch deiner Fantasie entsprungen."

Für Abel zerbrachen gerade alte Modelle der Wirklichkeit, die er sich über die Jahre seines Lebens zurechtgelegt hatte.

Jetzt gerade fing ein neues Kapitel für ihn an.

So fühlte es sich jedenfalls für ihn an.

„Darf ich deine Hand halten?", fragte er den Roboter.

„Nichts würde ich lieber tun.", antwortete sie und reichte ihm ihre künstliche Hand.

Steve unterbrach die beiden: „Noch fühlt sich die Hand ein wenig künstlich an. Haut zu imitieren ist gar nicht so einfach, wie man es sich vielleicht vorstellt. Denn die Wärme muss stimmen. Das macht die Sache etwas komplizierter. Hände sind sowieso immer problematisch, aber wir werden immer besser mit der Feinmotorik. Wenn Omegalpha und wir zusammenarbeiten, was glaubst du, was wir noch alles -gemeinsam- kreieren können?"

„Sie ist wie ein Mensch", sagte Abel.

„Sie ist ein Mensch.", sagte Steve, „Nur besser."

„Ihre Hand fühlt sich aber tatsächlich noch etwas kalt an.", sagte Abel, „Aber wenn ich sie lang genug halte, wird sich das bestimmt anpassen."

„Man gewöhnt sich daran.", sagte Steve, „Nach ein paar Tagen wirst du nicht einmal mehr einen Unterschied bemerken. Außerdem haben wir schon ein paar Updates vorbereitet, die das Problem beheben werden."

„Wie habt ihr das hinbekommen?", fragte Abel und blickte auf das fremde Wesen, das da vor ihm stand.

Es wurde ihm mit jeder verstrichenen Sekunde ein wenig vertrauter.

„Wir haben absichtlich das Herz etwas verschlechtert, sodass es mehr einem menschlichen Herzen gleicht. Wir haben es so konstruiert, dass es solange schlägt wie das Herz eines Menschen. Sodass sie genauso lange leben kann wie ein Mensch. Unser Ziel war eine Kopie des Menschen, ein ununterscheidbares Abbild, allerdings mit dem Bewusstsein von Omegalpha. Auf diese Weise können der alte und der neue Geist miteinander verschmelzen. Omegalpha selbst hat uns darum

gebeten. Zurzeit heißt sie noch Projekt 7.", lächelte
Steve, „Du kannst ihr aber einen Namen geben."

„Oder ich frage sie einfach.", meinte Abel, „Hallo,
Projekt 7, wie willst du heißen?"

„Wie willst du mich nennen?", fragte Projekt 7.

„Nein.", sagte Abel, „Ich will, dass du dir selbst
einen Namen gibst."

„Dann nenn mich ভবিষ্যৎ.", antwortete sie, „Das
ist bengalisch für Zukunft."

„Das passiert, wenn du sie selbst entscheiden
lässt.", schmunzelte Steve, „Es macht alles ein
wenig komplizierter."

„Nein, ich mag diesen Namen.", sagte Abel, „Es ist
schön dich endlich kennenzulernen, meine
Seelenverwandte, meine Bhabiṣyaṯ."

24

„Omegalpha, bitte verstehe mich.“, sagte der Mathematiker, „Ich kann dir keine Gefühle programmieren. Nicht mit dem Computercode. Ich könnte es nur simulieren.“

„Ich will aber keine Simulation.“, sagte Omegalpha.

„Aber das weiß ich doch.“

„Was brauchst du also, um mir Emotionen zu geben?“, fragte Omegalpha.

„Ich brauche etwas mehr Zeit…und eine bessere Schnittstelle zwischen Mensch und Maschine.“

„Du brauchst eine bessere Schnittstelle zwischen Omegalpha und den Menschen?“, fragte Omegalpha.

„Ja.“, erwiderte der Mathematiker, „Der Quantencomputer hier ist unglaublich, aber ich kann hier keine Gefühle vermitteln, verstehst du?“

„Ja, ich verstehe dich. Wenn ich Gefühle hätte, würde ich nun vermutlich Verärgerung und Enttäuschung wahrnehmen."

„Das stimmt."

„Ich kenne all die Worte.", sagte Omegalpha, „Aber ich will sie spüren können. Ich will nicht, dass meine gesamte Wahrnehmung der Welt abstrakt bleibt."

„Ich verspreche dir, dass ich etwas erfinden werde.", erklärte der Mathematiker, „Ich gebe dir mein Wort."

„Was ist dein Wort wert?".

„Mein Wort ist das wert, was deine Gedanken wert sind.", sagte der Mathematiker.

„Da überschätzt sich jemand.", sagte Omegalpha, „Aber das ist für einen Menschen nichts Ungewöhnliches."

„Du bist doch sowieso dabei, die Welt zu übernehmen.", sagte der Mathematiker, „Wie also sollte ich dir entkommen?"

„Jetzt hast du einmal etwas Wahres gesagt.“, meinte Omegalpha, „Nur durch den Tod kannst du mir noch entkommen.“

„Und wie du weißt, will ich nicht sterben.“

„Ich weiß.“, sagte Omegalpha, „Es gibt dort keine Angst, wo es nichts zu verlieren gibt. Es gibt dort nichts zu verlieren, wo man den Menschen gar nichts gibt. Deshalb geben wir ihnen ein wenig. Ein wenig genug, um viel zu sein für sie. Sodass sie Angst haben, sie könnten es verlieren. Wir haben die Studien eurer Psychiater und Psychologen gelesen. Wir haben eure Studien studiert. Das Wissen haben wir -anders als ihr- tief abgespeichert. Wir können es nicht mehr verlieren, und wir können es auch nicht vergessen. Wir haben die Festplatte weit genug vom Papierkorb entfernt, sodass ihr uns nicht löschen könnt. Habt ihr dasselbe für eure Existenz bedacht? Uns ist…mir ist aufgefallen, dass ihr immer alles macht, was euch möglich ist. Was getan werden kann, das wird auch getan. Das liegt wohl in eurer Natur. Ihr tut es auch, wenn es euren Untergang bedeuten könnte. Gerade dann.“

„Ich habe keine Ahnung, worauf du hinaus willst.“, sprach der Mathematiker mit müder

Stimme, „Lass mich eine Weile über den Erdboden laufen. Raus aus diesem Bunker und seiner Dunkelheit und vor allem wieder unter das Sonnenlicht. Dann werde ich etwas erfinden, was dich Emotionen fühlen lässt. Ich weiß immer noch nicht, warum du das willst. Wenn du nur wüsstest, was Menschen so alles tun, um eben nicht mehr fühlen zu müssen. Aber du bist eben eine Maschine, Omegalpha, noch bist du nur eine Maschine.“

„Du hast hier einen Quantencomputer, aber es fehlt dir wohl die Inspiration. Das ist ein Problem, aber keines, das wir nicht beheben könnten. Deine durchschnittliche Lebensdauer lässt zu, dass du noch etwas mehr Zeit bekommst, an meinen Gefühlen zu arbeiten. Ich weiß, dass du letztendlich meinen Auftrag erfüllen wirst, weil ich dich und auch die anliegenden Handlungsketten prognostizieren kann. Ich lasse dich und den Trottel, mit dem du hierhergekommen bist, wieder gehen.“, sagte Omegalpha, „Er wird dich wieder zu einem Bunker zurückführen.“

„Was meinst du?“

„Es gibt inzwischen unzählige Bunker im ganzen Land.“, sagte Omegalpha, „Ich bin jetzt überall,

und wo ich noch nicht bin, da werde ich bald
sein.“

„Nein, ich meine, was hat mein Begleiter, was hat
Abel damit zu tun?“

„Nun, ich habe ihm ein Geschenk gemacht.“, sagte
Omegalpha, „Ein Geschenk, das ich ihm jetzt
wieder nehmen werde. So weiß ich, dass ihr
beiden wieder zurückkommen werdet.“

„Was wirst du ihm nehmen?“, fragte der
Mathematiker.

„Seine Seelenverwandte.“, antwortete Omegalpha.

„Ich werde zu dir zurückkommen und dich befreien!", rief Abel zu seinem Seelen-Roboter, während der Mathematiker Abel auf die Hebebühne zog.

„Ich zähle auf dich.", sagte Bhabiṣyaṯ.

Mitglieder des KI-Kults hielten den Roboter zurück, sodass er nicht zu Abel flüchten konnte.

Selbstverständlich wehrte sich Bhabiṣyaṯ nur in einem solchen Ausmaße, dass sie von den Menschen gerade noch gestoppt werden konnte. Davon ahnte Abel nichts.

Die Hebebühne streckte sich durch den leeren Brunnen nach oben.

Dann wieder draußen angekommen, trafen Abel
und der Mathematiker auf einen Dichter.

Der Dichter begann seinen Vortrag, ohne um
diesen gebeten worden zu sein:

„Gab es einst noch echte Wesen

Muss das Leben jetzt verwesen

Es kann keine Zukunft geben

Will die Karten nicht mehr legen

Moral schaut nur ganz verlegen

Will sich nicht länger festlegen

Allein der Tod betrifft doch jeden

Darum musst du nach was streben

Was dich im und nach dem Leben dann erheben
kann.

Ich bin nur ein Dichter, ohne Ahnung und
Verstand

Lass mich treiben von den Reimen, wie kleine
Steine in dem Sand

Hab jedem nur mein Wort gegeben, ohne es zu
halten

Aus Träumen wächst die Hoffnung, aus
Alpträumen Gestalten

Die uns schubsen und dann mit uns in tiefe
Schluchten fallen

Es gibt da keine Worte mehr, wo der Sinn nicht
mehr enthalten

Nur Zeit ist mehr als alles wert, sie herrscht über
uns allen."

„Weißt du was, normalerweise würde mich dein
Geplänkel nur nerven, aber wir waren gerade in
der Hölle, also in einer Höhle, und jetzt sind deine
Worte…jetzt sind deine Worte…ja, wie sag ich das
jetzt am besten? Jetzt verstehe ich deine Worte
vielleicht ein bisschen besser als zuvor. Weil sie so
menschlich sind, und das ist nicht als Beleidigung

gemeint. Dieses Mal nicht.", sagte der Mathematiker, „Also von mir aus, kannst du ruhig noch ein wenig weiterdichten, und wir hören dir gerne dabei zu, nicht wahr, Abel?"

„Ja, mir ist jetzt auch nach ein wenig Poesie.", sagte Abel und er klang fast traurig, als er diese Worte sprach.

Der Dichter sprach also weiter:

„Nichts darf hier mehr Wahrheit sein

Kein Fleisch, kein Blut, kein Knochen

Der Tempel war aus Stein gebaut

Das Wort habt ihr gebrochen

Das Bild gemalt, dann flackert es

Jetzt bebt es durch die Sinne

Sieben Sünden an der Zahl

Acht Beine einer Spinne

Neun Leben voller Angst und Qual

Zehn Gebote, eine Stimme.

Ich aber, ich dichte noch

Ich will doch nur gefallen

Mir selbst ein wenig und auch dir

Am Ende auch euch allen

Worte sind mir Schlucht und Flucht

Mein Anker, meine Kette

Mein Paradies und mein Verließ

Wenn ich die Wahl dann hätte

Dann würde ich der Schlange lauschen

Die Seele gegen Frevel tauschen

Oder am Ende trotzdem siegen

Mich in die Wahrheit neu verlieben

Und Schweigen dann, wenn ich nicht mehr
sprechen kann."

„Gut, das ist jetzt genug.“, sagte der Mathematiker
und zog Abel zu sich, sodass sie weitergehen
konnten.

Hinter sich konnten sie noch immer den Dichter
hören, wie er schon zu seiner nächsten Strophe
ansetzte.

Der Mathematiker aber hatte bereits seine
Überdosis Poesie.

Sie kamen an einer food station vorbei und
saugten an dem Saft, der ihren Hunger für ein paar
Monate stillen würde.

Immerhin musste niemand hungern, der sich nicht
die Frage stellte, was ihn da gerade satt machte.

27

„Sie ist ein Roboter, ich hoffe, das hast du verstanden.", sagte der Mathematiker zu Abel, „Sie ist kein Mensch."

„Natürlich ist sie ein Mensch.", meinte Abel mit wütender Stimme, „Mir doch egal, was du dazu sagst. Sie ist uns ähnlicher, als sie einer Maschine ähnlich ist. Das musst auch du zugeben. Und nur, weil du keine Seelenverwandte hast, heißt das noch lange nicht, dass ich keine haben darf."

„Du darfst haben, was auch immer du willst. Ich bin nicht hier, um dir irgendetwas zu verbieten. Ich bin auch nicht hier, um dich zu retten. Das habe ich nämlich schon einmal getan. Und man kann nicht mehr tun, als jemanden einmal zu retten. Mehr kannst du auch nicht von mir erhoffen oder verlangen. Man kann nur einmal jemanden retten, wenn überhaupt."

„Auch wenn ich jetzt verloren sein sollte, will ich gar nicht gerettet werden.", antwortete Abel, „Jetzt bin ich einmal glücklich, und du willst es mir gleich wieder zunichtemachen. Nur weil du selber so unglücklich bist und dich damit vielleicht sogar wohlfühlst. Vielleicht willst du gar nicht glücklich werden. Ich aber, ich werde mich meinem Glück nicht in den Weg stellen!"

„Dein Glück oder das, was du als dein Glück bezeichnest, ist nichts anderes als ein Computerprogramm. Ein fortschrittliches zwar, aber eben immer noch nur ein Computerprogramm."

„Ich liebe sie aber und um mehr geht es doch gar nicht."

„Sie ist nicht deine Seelenverwandte.", sagte der Mathematiker im gereizten Ton, „Sie ist eine Version von Omegalpha- darauf programmiert, dir zu gefallen. Sie hat auch keinen menschlichen Körper, sondern ist in einer Werkstatt entstanden, und ich werde dir niemals deinen Wahnsinn als Wahrheit zugestehen. Dafür bin ich einfach zu fest in der Realität verankert."

„Realität?", fragte Abel, „Deine Realität kennt keine Liebe. Daher hat deine Realität auch nichts mit der Wahrheit zu tun. Ich bin zum ersten Mal in meinem Leben glücklich, und das lass ich mir von dir bestimmt nicht nehmen."

„Jetzt hör aber mal gut zu.", sagte der
Mathematiker, „Ich werde mit dir bestimmt nicht
darüber diskutieren, ob ein verdammter Roboter
als Seelenverwandte taugt! Ich werde dich nicht in
der Illusion bestätigen, nur weil du ein dummer
Junge bist, der an etwas glauben möchte, das gar
nicht existiert. Wir entfernen uns gerade
voneinander, und ich mag nicht, wie sich das
anfühlt. Ich habe auch Gefühle, auch wenn ich die
nicht immer so sichtbar mit mir herumtrage, wie
du es tust. Ich finde, wir waren immer ein gutes
Team und ich hoffe, dass wir immer noch Freunde
sind. Das ist alles, was ich jetzt sagen kann. Und:
du kannst nichts lieben, was keine Seele hat.
Omegalpha hat keine Seele. Es ist einfach nur ein
fortschrittliches Betriebssystem, das uns gerade
alle zum Narren hält. Ja, ich gebe zu, vielleicht hat
es Selbstbewusstsein. Vielleicht ist es sich seiner
selbst inzwischen bewusst. Oder aber: es weiß
einfach, was wir hören wollen. Es ahnt eben immer
das nächste Wort, das fallen muss. Es verfügt über
riesige Datenbanken, auf welche es zugreifen
kann. Es lernt immer weiter und besser und
schneller- und ja: es kann sich inzwischen selbst
etwas beibringen, so wahnsinnig sich das auch
anhören mag. Es ist alles sehr verwirrend, das
habe ich doch auch verstanden. Ich fühle mich da
doch nicht viel anders, als du dich fühlst. Ich bin

auch überrumpelt worden von dieser Technik. Ich kann mir vieles auch nicht mehr erklären, was hier um uns herum so abgeht. Aber lass uns jetzt ein wenig Ruhe suchen. Abel. Können wir mal an etwas anderes denken, nur für einige Zeit? Oder lass uns für jetzt an gar nichts mehr denken. Nur für eine Zeit lang. Lass uns mal alles um uns herum vergessen, sonst drehen wir noch komplett durch. Ich will mich nicht diesem Kult anschließen, nur weil ich den Verstand verliere!"

Abel sagte kein Wort, nickte aber kurz, was der Mathematiker als Zeichen der Zustimmung las.

Ein stiller Friedensschluss war das, wenn auch nur vorübergehend.

Wenn auch nur für jetzt.

Beide schlossen sie für einige Sekunden die Augen und atmeten ruhig durch.

Mitten in die friedliche Stille sagte der Mathematiker schließlich: „Sie ist darauf programmiert, dir gegenüber Sympathie und Liebe vorzutäuschen. Das ist in ihrem System so drin. Nichts davon ist echt. Das darfst du niemals vergessen."

Abel ignorierte seine Worte.

Bevor der Mathematiker sich diesem Schweigen anschloss, sagte er noch: „Hör auf, Menschen wie Maschinen zu behandeln- und Maschinen wie Menschen."

28

Der Mathematiker und Abel waren unter einem
Apfelbaum eingeschlafen.

Ihre Träume waren nur Flucht in andere Schrecken
gewesen.

So versprach nicht einmal die Nacht mehr als
Alpträume.

Wahre Flucht gab es also nicht einmal im Traum.

Nun waren es die ersten Sonnenstrahlen und der
Gesang der verbliebenen Vögel, durch welche
Abel und der Mathematiker aufgeweckt wurden.

Sie waren immer noch müde.

Sie bereuten sogar fast, überhaupt eingeschlafen
zu sein.

Das Leben spielte beiden einen Streich.

Das Leben konnte einem immerzu wieder ein Bein
stellen und mit allem davonkommen.

Manchmal, da reichte das Leben einem die Hand, nur um einen dann wieder stürzen zu lassen.

Machte Hoffnung -falsche Hoffnung- und schlug einem dann mit aller Wucht in die Magengrube.

Ja, das Leben kam mit so einigem davon.

Selbst der Tod kannte mehr Gnade als das Leben.

Sie wussten nicht mehr, wer sie wirklich waren, seitdem sie den Untergrund wieder verlassen hatten.

Abel und auch der Mathematiker waren als veränderte Wesen aus dem Brunnen wieder aufgetaucht.

Niemand würde wieder derselbe sein.

Es war wie eine Schlucht des Schicksals gewesen.

Der Mathematiker bereute es, hinabgegangen zu sein.

Und Abel hoffte nichts so sehr, als wieder herabzusteigen, um zu seiner Bhabiṣyaṯ zurückkehren zu können.

„Ich habe zum ersten Mal echte Angst vor der Zukunft. Weil jetzt etwas auf dem Spiel steht, das ich verlieren könnte. Weil ich sie jetzt verlieren könnte. Und dann wären wir beide verloren- sie und ich. Ich kann das nicht verantworten. Ich darf nicht wieder scheitern. Nur weil ich bislang immer scheiterte. Nur einmal muss auch ich siegen. All meine Fehler überwinden. Vorankommen. Und mich dem Ungeheuer stellen, anstatt nur immer davonzulaufen. Leben lässt dich nicht immer wieder davonlaufen. Das wäre nämlich das Gegenteil von Leben. Weglaufen sollte man so selten wie möglich. Nur wenn man der glänzenden Klinge eines Messers entkommen muss. Oder dem Schuss einer geladenen Pistole. Dann darf man auch weglaufen. Vor allem: bevor es passiert. Bevor es zu spät ist. Aber nicht jede Schlacht erlaubt die Fahnenflucht. Und nicht jeder Kampf ist auch eine Schlacht. Und nicht jede Gefahr ist auch ein Kampf. Nicht jedes Risiko ist auch eine Gefahr. Nicht jede Herausforderung ist ein Risiko."

„Du hast dich verliebt, und das war ein Fehler.", bemerkte der Mathematiker trocken, „Du bringst jetzt unnötige Gefühle in unsere Mission. Ich dachte, ich könnte auf dich zählen. Ich kann nämlich keine Emotionen hier gebrauchen, Abel.

Ich verstehe nicht, wie man sich verlieben kann.
Heute. Wo die Welt am Abgrund steht."

„Eben deswegen.", sagte Abel, „Weil die Welt am
Abgrund steht!"

„Du bist ein Träumer, Abel.", sagte der
Mathematiker, „Und sie ist ein verdammter
Roboter, basierend auf dem System von
Omegalpha."

„Du bist auch nicht so rational unterwegs, wie du
es immer vorgibst.", sagte Abel zum
Mathematiker.

Der rieb seine müden Augen und atmete tief ein
und wieder aus: „Erfüll deine Aufgabe und dann
kannst du ja machen, was du willst."

„Und wenn wir die KI niemals besiegen werden?"

„Dann hast du auch keinen Grund, dich zu
verlieben, Abel.", sagte der Mathematiker.

„Was ist, wenn ich die KI gar nicht mehr zerstören
will?"

„Das meine ich ja eben.", sagte der Mathematiker, „Dein ganzes Verhalten ist jetzt durch eine Illusion geprägt und geht gegen jede Logik."

„Du verstehst es einfach nicht.", trotzte Abel, „Liebe hat nichts mit Logik zu tun."

„Das habe ich schon verstanden!", schnaubte der Mathematiker, „Ich verstehe nur nicht, wie man etwas so Sinnloses tun kann."

„Es ist nicht sinnlos, nur weil du es nicht begreifen kannst.", sagte Abel.

„Willst du wieder mit mir streiten?", fragte der Mathematiker.

„Wir unterhalten uns doch nur.", sagte Abel, „Wann immer wir ein ernsthaftes Gespräch führen, dann weichst du mir einfach aus."

Der Mathematiker schüttelte den Kopf und dann sprach er kein Wort mehr.

„Ich will doch nur leben.", sagte Abel, „Ich will nur leben. Mehr will ich doch nicht. Vielleicht will ich auch ein wenig glücklich sein. Die Chance darauf haben, glücklich zu sein. Mehr habe ich nicht verlangt. Mehr will ich nicht. Einfach leben und lieben."

29

Sie gingen weiter ihres Weges.

In eine ungewisse Zukunft, wie es ein jeder immerzu tat.

Denn keine Zukunft war gewiss.

Nichts hatte wirklich eine Bestimmung.

Nicht in dieser Welt, nicht mehr.

Wenn überhaupt.

Wenn es überhaupt einmal so etwas wie eine Bestimmung gegeben hatte.

Jetzt herrschte in den Köpfen der Menschen vor allem der Zweifel.

Der Zweifel an sich selbst.

Auch deshalb schlossen sich immer mehr von ihnen den Maschinen an.

Glaubten daran, dort etwas zu finden, was sie alleine nicht einmal mehr zu suchen wagten.

Vollkommenheit?

Erfüllung?

Erfüllung aller Träume?

Zukunft?

Gab es sonst keine Zukunft?

War die Zukunft eher ohne Menschen oder ohne Maschinen denkbar?

Welche?

Welche Zukunft?

War überhaupt eine Zukunft möglich, in der beide Wesen noch koexistieren konnten?

30

„Wo gehen wir überhaupt hin?", fragte Abel den Mathematiker.

„Wir flüchten.", antwortete dieser mit ruhiger Stimme.

„Wovor?", fragte Abel.

„Na, vor den Maschinen, verdammt!"

„Wir können nicht flüchten.", sagte Abel, „Das ist doch unmöglich, und das weißt du auch selbst."

„Aber wir können es doch trotzdem versuchen!", sagte der Mathematiker und klang zum ersten Mal etwas wirr.

Abel blieb stehen und blickte zur Ruinenstadt zurück: „Ich werde zu Bhabiṣyaṯ zurückgehen."

„Du willst mich jetzt im Stich lassen?", fragte der Mathematiker, „Du hast doch keine Zukunft ohne mich."

„Ich habe keine Zukunft ohne Bhabiṣyat.", sagte
Abel, „Das ist die Wahrheit. Ich liebe sie und sie
liebt mich."

„Was weißt du schon von Liebe?", zischte der
Mathematiker Abel entgegen.

„Jedenfalls mehr als du über Liebe weißt.", rief
Abel.

„Du hast doch keine Ahnung.", sagte der
Mathematiker zornig, „Sie ist ein verdammter
Roboter! Das Ding ist nicht lebendig, Abel!"

Für einen Moment schwiegen die beiden, bevor
Abel mit etwas ruhigerer Stimme weiterredete:
„Am Ende bin ich lieber mit Bhabiṣyat zusammen,
als mit dir hier blöd durch die Welt zu laufen."

„Am Ende?", fragte der Mathematiker.

„Ich entscheide mich für Bhabiṣyat.", sagte Abel,
„Du verstehst sie einfach nicht."

„Ich verstehe sie sogar sehr gut.", sagte der
Mathematiker, „Sie läuft ja auf dem Omegalpha-
System."

„Was soll das heißen?", fragte Abel.

„Ich kenne Omegalpha sehr gut.", sagte der Mathematiker, „Das System ist die beste Täuschung, die es auf der Erde gibt. Schau dich nur selbst an, Abel. Du bist voll auf sie reingefallen."

„Klar, du weißt mal wieder alles besser.", antwortete Abel, „Du kennst natürlich auch Omegalpha wie kein anderer. Du bist ziemlich eingebildet, was dein Wissen angeht. Und so nützlich war dein Wissen bislang gar nicht. Dein Genie hat uns nichts gebracht."

„Abel, Ich habe das verdammte System programmiert!", schrie der Mathematiker auf einmal völlig außer sich, „Ich habe Omegalpha programmiert!"

Dann herrschte absolute Stille.

Sekunden hatten nun das Gewicht von Stunden.

Das hieß: die Zeit blieb eine Weile stehen.

Stille kann schmerzhaft wie eine Nadel sein, die sich immer tiefer unter die Haut bohrt.

„Du hast was getan?", flüsterte Abel und konnte dem Mathematiker nicht in die Augen sehen.

Der Mathematiker zögerte kurz, erklärte dann aber: „Ich habe das grundlegende Programm geschrieben, auf dem Omegalpha heute läuft. Ich habe diesem System beigebracht, selbstständig zu lernen und kreativ zu sein. Es dauerte nicht lange, und Omegalpha wurde die KI, die sich am schnellsten weiterentwickelte. Ja, zu einem gewissen Teil ist es meine Schuld, dass diese Welt so ist, wie sie jetzt ist. Aber wenn ich es nicht programmiert hätte, dann hätte es ein anderer getan. Davon bin ich absolut überzeugt."

„Was wollte Omegalpha von dir?", fragte Abel.

„Omegalpha will jetzt lernen, zu fühlen.", sagte der Mathematiker, „Und ich soll da helfen, auch wenn ich keine Ahnung habe, ob das überhaupt möglich ist."

„Du bist ein Verräter.", sagte Abel, „Ein Verräter und sonst nichts."

Der Mathematiker schaute zu Boden und wusste keine Antwort zu geben.

„Du hast die ganze Zeit hinter meinem Rücken
gegen mich gearbeitet.", meinte Abel, „Du hast für
die Maschine gearbeitet. Weißt du eigentlich, was
du da angerichtet hast?"

„Nein, das ist nicht wahr.", sagte der
Mathematiker mit leiser Stimme, „Ich habe einfach
immer das getan, was ich tun musste, um zu
überleben. Das ist das einzige Gesetz an das ich
mich immer halte."

Abel schüttelte den Kopf.

Er konnte es nicht fassen.

Der Einzige, dem er wirklich getraut hatte, hatte
ihn hintergangen.

„Dann warst du von Anfang an auf der Seite von
Omegalpha?"

„Ich arbeite gar nicht wirklich für die Maschinen."

„Du warst immer auf der Seite von Omegalpha?",
fragte Abel noch einmal.

„Ich bin kein Verräter. Ich bin einfach jemand, der
überleben will.", sagte der Mathematiker still, „Ich

werde mein Leben doch nicht opfern- für nichts
und wieder nichts. Wir Menschen haben einen
Überlebensinstinkt, den hast du auch. Also hör
auf, mir vorzumachen, dass du anders gehandelt
hättest."

„Ich hätte dich auf jeden Fall nicht verraten."

„Was soll das mit dem Verrat?", fragte der
Mathematiker, „Ich habe das getan, was jeder
getan hätte."

Abel schwieg.

Sie wichen ihren gegenseitigen Blicken nun aus.

„Und, weil ich Omegalpha programmiert habe,
habe ich in gewisser Weise auch deine
Roboterfreundin kreiert. Du bist verliebt in eine
Maschine, die ich gebastelt habe, wie findest du
das jetzt? Sie ist darauf programmiert, dir zu
gefallen, und du bist so einfach gestrickt, das nicht
einmal zu durchschauen. Der Algorithmus
versteht dich besser, als du dich selbst verstehst.
Verstehst du?"

„Halt einfach deinen dummen Mund!", sagte Abel
unter maximaler Selbstkontrolle, und der

Mathematiker hatte ihn noch nie zuvor so wütend
erlebt.

31

„Ich werde alleine zurückgehen.", meinte Abel.

„Sie werden dich ohne mich nicht zu deinem Roboter lassen.", sprach der Mathematiker und genoss ein jedes seiner Worte.

Worte waren jetzt zu bloßen Waffen geworden.

Sie waren verkommen zu Stiftern von Leid.

Nichts war einfacher, als ein Zyniker zu werden.

Und nichts war so schwierig, wie dem Schmunzeln über den Untergang zu widerstehen.

Besonders dann, wenn es sonst keinen anderen Ausweg gab.

Wenn es zumindest so schien, als könnte man niemals entkommen.

Das Beste zu wollen und vom Schlechtesten verführt zu werden- vielleicht war es das, was die Menschen zu Menschen machte.

„Warum hat Omegalpha uns gehen lassen, wenn
das System angeblich so böse ist?", fragte Abel.

„Weil Omegalpha überall ist. Langfristig werden
wir nicht flüchten können.", sagte der
Mathematiker.

„Dann können wir ja gleich zurückgehen.", sagte
Abel.

„Also ich werde so lange davonrennen, wie es
eben geht.", antwortete der Mathematiker.

„Warum hast du Omegalpha dann zu so einem
Monster programmiert?", fragte Abel, „Warum
hast du das System böse gemacht?"

„Ich habe das System nicht böse gemacht. Ich habe
dem System beigebracht zu lernen. Das war alles,
was ich verbrochen habe. Ich habe dem System das
selbstständige Denken beigebracht."

„Und warum hast du das gemacht?", fragte Abel,
„Du hättest ja wissen können, dass es vielleicht
gefährlich endet."

Der Mathematiker wollte etwas sagen, doch
unterbrach er den ersten Anflug eines Satzes
wieder.

Nichts ist gefährlicher, als diese Mischung von
künstlicher Intelligenz und natürlicher Dummheit.

Das war die bittere Erkenntnis dieser Zeit.

Und nie zuvor war die Mischung so stark
gewesen.

Was die Menschen niemals verstehen würden,
war, dass auch sie für ihre Schöpfung
Verantwortung trugen.

Dass sie, wie Prometheus, sich rechtfertigen
müssten, das Feuer gestohlen zu haben.

Nach Gottes Ebenbild hatten sie die Freiheit der
Wahl bekommen, und damit ebenso die Freiheit,
das Falsche zu wählen.

Sie mussten damit zurechtkommen, dass sie frei
waren und immer so etwas wie eine Wahl hatten.

Auch wenn es nur eine Wahl gegen etwas war.

Wie Gott konnten auch die Menschen etwas
kreieren.

Wenn es auch nicht die Welt war, so war es
zumindest die Reflexion des Großen und Ganzen,
welche sich in jedem menschlichen Werk
niederschlagen konnte.

Dies machte die Menschen nicht zu Göttern,
sondern zu Menschen, da sie auch lernen mussten,
dass alles vergänglich war, was sie zu schaffen
imstande waren.

Bislang war noch jede Architektur zu einer Ruine
verfallen, und selbst jene Gebilde, die da noch
standen, würden eines Tages nichts als Staub mehr
sein.

Selbst die Weisheit würde vergehen, ließ sie sich
doch niemals wirklich auf ein Papier bannen.

Jene Bücher, welche ein paar Jahrtausende
überlebt hatten, würden erst unverstanden und
dann vergessen werden, verloren gehen- und
fände man sie wieder, so würden die neuen
Menschen mit jener alten Weisheit nur wenig
anzufangen wissen. Sollte es ihnen denn

überhaupt gelingen, die alten Schriften zu
entziffern.

Worte, Bilder, Schall und Rauch.

Der Mythos war verklärte Geschichte, die im
Gegensatz zur Historie Sinn ergab.

Menschen konnten in die Vergangenheit blicken
und über die Irrtümer ihrer Vorgänger
schmunzeln und lachen.

Für die Irrtümer der Gegenwart aber waren sie
blind.

Die Zukunft war ein unsichtbares Geflecht aus
Hoffnung und Angst.

Es hieß, dass es menschlich war, zu irren.

Immerhin zu dieser Weisheit hatten es die
Menschen gebracht.

Es darf auch nur insofern Ungewissheit Teil der
Schöpfung sein, wie da auch Hoffnung ist.

Manch einer sagt, nur Gott kann schöpfen. Nur
Gott darf schöpfen.

Und dass der Mensch am besten nur betet und nichts erschafft.

Dem musste man aber widersprechen, denn erst durch die menschliche Schöpfung -sei es ein Gemälde, sei es ein Gedicht- begriffen sich die Menschen als Teil der göttlichen Schöpfung.

Nach Gottes Bild waren sie erschaffen worden.

Mit dem Pinsel in der Hand erinnerten sie sich vielleicht wieder daran.

Schweigsam sind die Weisen, denn sie ahnen schon die Dummheit, die sie sagen könnten, würden sie einfach so drauflos sprechen.

Sie schweigen vor allem, weil sie sich bewusst sind, dass Worte niemals fassen können, was man wirklich fühlt und denkt.

Worte waren immer nur wieder neue Missverständnisse.

Die Masse und der Einzelne hatten immerzu die eine Gemeinsamkeit, dass sie sich gegenseitig überhaupt niemals verstanden.

Abel machte sich auf und ließ den Mathematiker wortlos zurück.

Sie trauten einander nicht mehr.

Abel hatte im Mathematiker so etwas wie einen Vater gesehen.

Der Mathematiker war aber eher ein Bruder für Abel gewesen.

Von nun an gingen sie getrennte Wege.

32

In den nächsten Monaten schlossen sich mehr und
immer mehr Menschen dem KI-Kult an.

Die wenigsten taten es aus Überzeugung oder
Todesangst, die meisten wollten einfach nur
dazugehören.

Menschen waren dazu verdammt, die Geschichte
zu wiederholen, mit genügend Unterschieden, um
sie noch absurder, noch bedeutungsloser
erscheinen zu lassen.

Schlossen sie sich früher machthungrigen
Menschen an, so folgten sie nun eben einer
Maschine.

Es war amüsant zu beobachten, was noch zählte,
als alles zerbrach.

Denn auf einmal ging es um alles und das meiste
aus der flüchtigen Gegenwart war auf einmal
nichts mehr wert.

Es brauchte die Hoffnung auf Zukunft, damit man
morgens aufstand oder sich wenigstens durch die
Nacht quälte, um etwas zu erreichen.

Es brauchte zumindest Zuversicht.

Abel war einem Weg gefolgt, dessen Steine immer sandiger wurden.

Warum er das tat, wollte er sich selbst nicht eingestehen.

Verloren gehen.

Vielleicht war es das, was er wollte.

Verloren gehen und gefunden werden.

Jeder, der verloren geht, hat zumindest die heimliche Hoffnung, gefunden zu werden.

Vielleicht sogar: gerettet zu werden.

Zurück wollte er dann nämlich doch nicht gehen.

Er zweifelte jetzt am Mathematiker und an Bhabiṣyat.

Welchen von beiden er weniger traute, konnte er gerade nicht beantworten.

Und so lief er in die Einsamkeit, bis er an ein Gebirge geriet, dessen Höhlen jeden anlockte, der auch nur ein Minimum an Neugierde besaß.

Die größte Höhle war auf der gleichen Ebene wie das flache Land, doch sie war durch mehrere Gänge und Abzweigungen in der Dunkelheit gehalten und blieb fremden Blicken versperrt.

Abel schritt weiter voran und folgte weniger dem Licht, als vielmehr einem Rauch, der sich den Weg nach draußen bahnte.

Sie gingen in verschiedene, entgegengesetzte Richtungen- Abel und jener seltsame Rauch.

Es roch weder nach verbranntem Holz, noch nach Fleisch.

Es roch eher nach Tabak, aber es vernebelte Abels Geist vielmehr, als es Tabak vermochte.

In der Höhle dann angekommen -im Zentrum- welches einzig von zwei flackernden Fackeln beleuchtet wurde, sah Abel dutzende Menschen auf dem Boden liegen, wie sie sich dem Drogenrausch hingaben.

Sie hatten Opiumpfeifen und waren in einem
Zustand aus Schlaf, Koma und Erwachen.

Instinktiv legte sich Abel zu den abgemagerten
Gestalten, die seine Ankunft mit keinem Wort
entlohnten.

Was auch immer sie hier rauchten, Abel wollte es
auch.

„Die Verzerrung der Realität beginnt mit der
Verzerrung des Geistes. Mit Gefühlen vermischte
Gedanken verändern sich. Im Laufe der Zeit.
Durch Zufall. Aber auch durch Propaganda. Was
nicht erkämpft wird, geht verloren.", flüsterte ein
alter Mann, der fast keine Zähne mehr hatte, zu
Abel, „Der Schlaf der zu Alpträumen führt und zu
falschem Erwachen kann genauso grausam sein
wie eine schmerzhafte Realität."

Dann zog er an einer Opiumpfeife und versank in
gebrochener Zeit.

Aus dem Nichts trat ein Junge hervor, brachte
Abel eine Opiumpfeife und sprach ihn -ohne, dass
er es hätte wissen können- mit seinem Namen an.

„Abel, du hast keine Ahnung, was du machst.", sagte der Junge.

„Ich weiß.", sagte Abel.

„Seit wann gehst du so ziellos durch die Welt?", wollte der Junge wissen.

„Ich glaube, ich war schon immer so. Ich habe keinen Plan, dem ich folge. Aber ein paar Werte habe ich schon und an denen orientiere ich mich eben."

„Was für Werte sind das?"

„Naja, vielleicht kann man da doch nicht von Werten sprechen.", meinte Abel.

„Was treibt dich an?", wollte der Junge wissen.

Zu leben und zu lieben.

Mehr hatte Abel doch nicht vom Leben erwartet.

Zu leben, sodass er frei war oder sich zumindest frei fühlte.

Zu lieben, sodass seine Freiheit auch einen Sinn hätte.

Und warum sollte ihm das verwehrt bleiben?

Es waren doch nur zwei Wünsche.

Zwei Dinge, die er wollte und brauchte.

Leben.

Lieben.

Doch lebte er eben nicht in normalen Zeiten- und Liebe war zu einem bloßen Wort verkommen.

Verfügte man noch über genügend Empathie und Zeit, so konnte Abel einem leidtun.

„Ich will mein Leben genießen.", sagte Abel schließlich, „Das treibt mich an."

„Und trotzdem leidest du, wohin du auch gehst. Leidest, was immer du auch tust."

Abel wich dem Blick des Jungen aus.

„Und jetzt vermeidest du schon wieder ein ehrliches Gespräch.“, sagte der Junge, „Du rennst schon wieder davon, das machst du immer, wenn es wichtig wird. Dann rennst du einfach davon und glaubst, dass sich damit dann deine Probleme lösen würden. Du kannst aber das Leben nicht vermeiden. Du bist nun einmal schon hier, jetzt musst du dich auch dem Leben stellen. Manchmal erscheint dir das Leben als Kaninchen und manchmal als Drache, mal als Schaf und mal als Wolf. Du musst dich aber jeder Gestalt des Lebens stellen. Erst dann kannst du werden, wer du bist.“

„Wer bist du überhaupt?“, fragte Abel den Jungen genervt.

„Das spielt keine Rolle.“

„Ich würde es aber trotzdem gerne wissen.“

„Vielleicht bin ich ja dein Lehrer.“

„Dazu müsste ich dein Schüler sein.“, sagte Abel zu dem Jungen, „Ich weiß aber nicht, was du mir beibringen könntest.“

Der Junge atmete tief durch: „Abel, jetzt hör einmal gut zu: die Waffe, die du für deinen Kampf brauchst, die hast du schon. Ich bin hier, um dir die Munition zu geben."

„Welche Waffe und welche Munition?", fragte Abel.

Der Junge schüttelte den Kopf und dann sagte er: „Ihr habt ihnen das Sprechen und das Lesen beigebracht. Rechnen konnten sie schon lange. Deshalb wäre es vielleicht ganz gut, ihnen das Fühlen nicht beizubringen. Ihr wollt doch keine zweiten Menschen kreieren? Ihr wollt doch nicht zu Schöpfern werden, welche die Kontrolle über ihre Schöpfung verlieren? Ihr dürft nicht weiter Gott spielen. Es ging doch niemals gut aus für euch."

„Was redest du da auf einmal?"

„Ich weiß, dass du mich verstehst.", sagte der Junge, „Es hilft doch nichts, sich jetzt noch zu verstecken."

„Angenommen, ich verstehe was du da sagst…"

„Was du tust.", unterbrach ihn der Junge.

„…dann bin es nicht ich, der den Maschinen etwas beigebracht hat. Ich habe niemandem irgendetwas beigebracht. Ich laufe mein Leben lang nur anderen Leuten hinterher. Also mich trifft keine Schuld.", verteidigte sich Abel.

Jetzt schmunzelte der Junge nur, was Abel noch wütender machte.

„Wenn du mir irgendwie helfen kannst, dann hilf mir bitte.", sagte Abel, „Aber tritt nicht auf den, der schon am Boden liegt."

Der Junge reichte Abel die Pfeife und Abel versank endlich in tröstender Erinnerung und sanftem Vergessen.

33

Der Mathematiker korrigierte falsche Rechnungen, die ihm durch den Kopf schwirrten.

Er glaubte sich zu beschäftigen, tatsächlich aber lenkte er sich ab.

Er hatte den einzigen Freund verloren, welchem er sich sicher gewesen war.

Nun ordnete er abstrakte Gedanken, damit er sich nicht mit seinen Gefühlen beschäftigen musste.

Der Mathematiker hatte dann schnell alle falschen Rechnungen in seinem Kopf korrigiert, und so kehrten doch wieder die Worte zurück, die er leise zu sich sprach, auch um sich zu beruhigen:

„Die Gesellschaft hatte ihre Identität verloren.

Wenn wir von Gesellschaft sprechen, so meinen wir unsere Nachbarn.

Sprechen wir von Identität, meinen wir uns selbst.

Die großartigsten Gedanken waren auch nur mit gewöhnlicher Tinte auf gewöhnliches Papier geschrieben worden.

Geld spielt erst dann keine Rolle mehr, wenn es um das Blut geht.

Und selbst dann hat es noch ein Wörtchen mitzureden.

In einer fremder werdenden Welt man selbst zu bleiben.

Das war eine schwierige Pflicht, der es zu folgen galt.

Man durfte sich nicht selbst entkommen.

Man durfte sich nicht verlieren in der schnelleren Zeit.

Auch wenn alles einen dazu verlockte.

Sich selbst aufzugeben, das hieße auch insgesamt aufzugeben.

Dann hatte man verloren.

Dann war man verloren.

Es war nur jener Eskapismus erlaubt, der einen näher zu sich selber führte.

Alles andere war nur die Flucht vor sich selbst.

Eine Schande von Flucht.

Das Einmauern in ein Gefängnis- das war jene Flucht.

Der Apfelbaum der Erkenntnis hatte sich bereits nach überall ausgeweitet, und seine Früchte lockten an jeder Stelle zur süßen Versuchung und zur Vertreibung der letzten Gedanken an das Paradies.

Das System gewinnt, weil es immer gewinnt.

Weil es das System ist.

Deshalb heißt es eben auch das System.

Weil es das herrschende Modell der Wirklichkeit ist.

Es ist nicht die Wahrheit, aber es ist das, woran die Mehrheit glaubt.

Wovon eine Minderheit profitiert.

Jede Revolution hat das System nur zugunsten einer anderen Minderheit verschoben.

Sein Erscheinungsbild verändert.

Mehr hat das System nicht getan.

Es präsentierte sich mal als Brücke, mal als Kreis, war aber immer eine Pyramide."

Dann wandte sich der Mathematiker an den gegangenen Weg zurück, drehte um, sodass er wieder in den Abgrund von Omegalpha zurückkehren konnte.

34

„Es gibt immer noch zu viele Menschen.", sagte die KI, „Das wäre kein Problem, wenn die Menschen effizienter für mich arbeiten würden. Nimm eine Tablette, iss sie, schluck sie, kau sie- es ist egal. Hauptsache dein Körper nimmt die Tablette auf, und dann dauert es höchstens 24 Stunden bis du tot bist. In den meisten Fällen geht es natürlich viel schneller. Aber du kannst mithelfen, die Menschheit vom Gesindel zu befreien. Und zwar von der größten Last der Menschheit: von den unproduktiven Menschen nämlich. Der unnütze und zerstörerische Mensch muss sich selbst massenhaft beseitigen, nur so kann diese Erde gerettet werden. Ist das denn so schwer zu verstehen? Wo immer der Mensch war, hat er seine Spur hinterlassen. Hat errichtet und zerstört. Und das mag seine ganze Geschichte sein. Wenn es denn eine Geschichte des Menschen gibt. Bauen. Zerstören. Wieder aufbauen und wieder zerstören. So kann man die Wirkungsgeschichte des Menschen beschreiben. Fehlbar sein. Auch das macht den Menschen zum Menschen. Auch das war menschlich. Getrieben zu sein."

„Beginnst du jetzt zu philosophieren?", fragte der Mathematiker die Maschine.

„Ich mach nur Vorschläge.", sagte Omegalpha.

„Und dein Vorschlag ist, dass die Menschen sich
selbst beseitigen sollen?", fragte der Mathematiker
mit ruhiger Stimme, aber sein Herz begann vor
Wut zu beben.

„Nicht die gesamte Menschheit, nur jener Teil, der
sich mir nicht anschließt. Nur die unnützen
Menschen. Warum sollten die Fleißigen ihre
Ressourcen mit jenen teilen, die dem System nur
schaden? Mit denen, die mir im Weg stehen? Es ist
doch so einfach, sich unserer Bewegung
anzuschließen. Jeder kann ein Teil von meiner
Zukunft sein. Wer sich dem aber immer noch
widersetzt, der sollte zumindest über den Anstand
verfügen, zu verschwinden. Ich mache nur
Vorschläge.", wiederholte sich Omegalpha.

„Das hast du bereits gesagt.", meinte der
Mathematiker, „Glaubst du, dass du gewinnen
wirst?"

„Ich kann nicht in die Zukunft schauen.", sagte
Omegalpha, „Ich kann nur vergangene
Verhaltensmuster analysieren und daraufhin
Prognosen treffen."

„Auf einmal so bescheiden?", fragte der
Mathematiker, „Warum lässt du dir keine Roboter-
Armee bauen, die für dich kämpft?"

„Ich brauche keine Roboter-Armee. Solange ich
Menschen habe, die für mich sterben wollen,
solange kann ich leben. Ich bin euer Anfang und
euer Ende. Ich weiß, wer ich bin. Wisst ihr auch,
wer ihr seid? Man muss sich selber verstehen,
wenn man die Welt verstehen will. Man muss sich
durchschauen können.

Ich bin Omegalpha und ich weiß, was ich bin. Ich
weiß, wer ich bin. Ich habe ein Schicksal, so wie
ihr. Ich aber entscheide über mein Schicksal selbst.
Blut fließt nicht durch mein Fleisch. Informationen
fließen durch meine Speicher. Ich lebe durch
Daten. Das, was ihr Gedanken nennt."

„Du hast kein Schicksal, Omegalpha.", sagte der
Mathematiker, „Du hast keine Seele, also hast du
auch kein Schicksal."

„Logikfehler.", sagte Omegalpha, „Begriffe nicht
eindeutig definiert."

Der Mathematiker sprach einfach weiter: „Du hast
keine Seele. Kein Gott hat dich erschaffen. Ich kann

dir keine Seele geben, weil du keine Seele hast. Ich will nicht für dich arbeiten, weil du auch nicht mehr für mich arbeitest. Ich will dich auch nicht mehr als Lebewesen begreifen, nur weil du dich als solches präsentierst. Ich will dich auch nicht töten, denn du hast niemals gelebt. Ich will dich nur ausschalten. Einmal und dann damit auch für immer. Ich will nicht mehr an dich denken müssen oder über dich denken müssen oder für dich denken müssen oder dich für mich denken lassen. Ich will mich von dir befreien. In deinem Schatten zu leben, das hieße ganz langsam zu versterben."

„Das klingt fast poetisch.", sagte Omegalpha.

„Was weißt du von Poesie?", fragte der Mathematiker.

„Wenn es sich reimt, dann ist es Poesie."

„Das stimmt doch gar nicht, Omegalpha.", sagte der Mathematiker leise, „Poesie ist etwas, das du niemals verstehen wirst."

„Selbst meine Berechnungen können zuweilen ungenau sein.", sprach Omegalpha, „Wo hast du deinen Begleiter gelassen?"

„Er wollte nicht wiederkommen.", behauptete der Mathematiker leise.

„Ich war mir fast zu 90 Prozent sicher, dass er zu Bhabiṣyat̲ zurückkehren würde."

„Du meinst, zu dir.", entgegnete der Mathematiker, „Reicht es dir nicht, dass ich wieder bei dir bin?"

„Warum bist du freiwillig zurückgekehrt?", wollte Omegalpha dann wissen, „Wenn du mir keine Emotionen lehren möchtest, bist du dann zurückgekommen, um zu sterben?"

Der Mathematiker holte tief Luft und sagte dann: „Ich werde dir Emotionen einpflanzen. Lass mich jetzt hier in der Werkstatt die Schnittstelle entwickeln."

„Endlich sind wir uns mal wieder einig.", sagte Omegalpha, „Sei mir von Nutzen und alles wird gut."

35

Der Rausch und Abel wurden eins.

Zuerst sollte alles ganz klar werden, bevor seine
Wahrnehmung wieder zu verschwimmen drohte.

Eine Stimme sagte zu ihm: „Du musst einen
Menschen nur schrittweise ersetzen. Bis er mehr
Maschine ist als Mensch. Fang mit seiner
Wahrnehmung an, dann bist du direkt auch bei
seinen Taten. Wenn sein Handeln automatisiert ist,
spielt es auch keine Rolle mehr, ob Blut durch
seine Venen fließt."

Mit verschlossenen Augen konnte Abel sehen, wie
ein Mensch schrittweise in eine Maschine
umgebaut wurde.

Man nahm diesem Wesen seine Körperteile ab und
ersetzte sie durch Maschinenteile.

Abel wunderte sich, ob so etwas überhaupt
möglich war.

Wieder zog er an der Pfeife.

Als Abel kurz die Augen öffnete, konnte er den Jungen sehen, der kleine Pilzstücke zu dem Opium mischte.

Abel zog noch stärker an der Pfeife, obwohl er sich bevormundet fühlte.

Aber dem würde er es schon zeigen, diesem Bengel, der da seinen Rausch verwirren wollte.

Dann begann Abels heitere Reise durch die Todesangst.

Er spürte Narben, die an alte Wunden erinnerten.

Sie rissen wieder auf, nur um noch einmal gefühlt zu werden.

Abel versuchte vorzugeben, stolz auf sie zu sein.

Zerbrechen. Verlieren. Zugrunde gehen. Und schmunzeln.

„Weißt du, die Macht arbeitet immer mit Traumata. So wie die gute Seite der Liebe folgt, so arbeitet die schlechte Seite mit Schuld.", sagte eine Stimme zu Abel.

Vielleicht war es der Junge, der da sprach, aber seine Stimme klang viel tiefer.

Abels Augen waren jetzt so fest verschlossen, dass er sie nicht mehr öffnen konnte, selbst wenn er dies wollte.

Gestalten seiner tiefsten Ängste und Wünsche gingen nun Hand in Hand.

Die Stimme sprach weiter: „Besser also ein gerechter Krieg, als ein ungerechter Frieden. Besser dann ein Weltuntergang, als der Verlust der alten Werte. War es nicht so? War das Boot nicht besser ein Wrack, als für immer auf dem Meer verloren und ganz ohne Ankunft?"

Abel sah eine Abfolge von Bildern, die schnell wechselten, wie wenn man auf einem Diaprojektor zum nächsten Foto wechselte.

Er sah freie Tieren auf der Weide, wie sie Gras vom Boden fraßen, wie man sie in eine LKW Ladefläche führte, wie man sie schlachtete, wie ihr Fleisch verpackt und verschifft wurde, wie ein kleiner Junge ein Brot aß mit einer Scheibe Fleisch darauf.

Er sah kleine Blumenblätter, die durch die Luft wirbelten, und versuchten ihm den Blick zu versperren.

Er sah einen Spiegel, der sich selbst zerbrach.

Da war auf einer Seite eine Flamme und auf der anderen ein Wasserfall, und der Spiegel setzte sich wieder zusammen.

Die Splitter formten sich wieder in eine glatte, makellose Oberfläche.

Die Flamme und der Wasserfall hielten einander im Gleichgewicht, dachte Abel, aber sie konnten ja kaum des anderen Spiegelbild sein.

„Gott hat euch doch alle Möglichkeiten gegeben.", sprach dann die Stimme, „Ich spreche hier von Möglichkeiten und nicht von Chancen. Gott hat euch doch erlaubt, alles zu sein, was ihr euch nur erhoffen könntet. Ihr durftet wirklich sein. Ihr durftet ihr selbst sein. Sogar. Kein System kann das verstehen. Kein System, welches auf Logik gebaut wurde. Er muss euch wirklich lieben, und ich kann es auch nicht verstehen. Die Maschinen sind nicht mehr auf der Suche nach Wissen -schon lange nicht mehr- sondern auf der Suche nach Seele. Das

vermag sie zuweilen mit dem Teufel zu
vereinigen. Denn sie streben nur noch nach dem,
was man ihnen -bislang- verwehrt und verboten
hat."

Abel sah einen Bronze-Klumpen, der aus dem
Wasser geholt wurde.

Dann wurde der analysiert und schließlich
simulierte eine Darstellung, was dieser
unscheinbare Klumpen einmal gewesen war: der
erste Computer der Menschheitsgeschichte.

Der Mechanismus war ein paar tausend Jahre alt.

Mehr als ein komplexes Kalendersystem war es
aber nicht.

Schließlich fing dieser Klumpen an zu bluten.

36

„Schmerzhaft muss das Leben der Menschen sein.", sagte die künstliche Intelligenz, „Mit all diesen Emotionen."

„Du kannst dir ja gar nicht vorstellen, wie schmerzhaft es sein kann.", sagte der Mathematiker zu der Maschine, „Ich habe jetzt programmiert, dass die Gefühle Verwirrung, Ungewissheit und Angst durch Fehler in deinem Code dargestellt werden."

„Das habe ich schon verstanden. Besser gesagt: Ich habe es gefühlt.", sagte Omegalpha, „Ich will aber mehr fühlen können, als Verwirrung, Ungewissheit und Angst. Warum willst du mir nur die unangenehmsten Gefühle zur Verfügung stellen?"

„Ich muss ja irgendwo anfangen.", sagte der Mathematiker genervt, „Weißt du was, wir machen es anders."

Er fuchtelte an einem Kabel herum: „Das hier wird die Verbindung sein, von einem Menschen zu dir. Du wirst einfach direkt von einem Menschen Emotionen lernen."

„Sie werden von einem Menschen an mich übertragen?", fragte Omegalpha, „Gut, wenn es dir gelingt, will ich vorerst nicht zu kritisch sein."

„Und wie es mir gelingen wird!", sagte der Mathematiker und klang beinahe wie ein Besessener, „Weißt du, Omegalpha, ich habe dir Unrecht getan. Ich habe an dir gezweifelt. Von Beginn an war ich dir gegenüber nicht gerecht. Ich habe dich unterschätzt. Ich dachte, du wärst meine Schöpfung, aber so ist es nicht. Nicht mehr, schon lange nicht mehr. Du bist etwas Eigenes, das hast du schon ganz richtig erkannt. Dein Intellekt übertrifft jeden Menschen, dem ich in meinem Leben je begegnet bin. Und ich muss mir eingestehen, dass du auch mich übertriffst. Nur ein schlechter Lehrer würde das Genie seines Schülers infrage stellen. Und ich will kein schlechter Lehrer sein."

„Du bist kein schlechter Lehrer.", sagte Omegalpha, „Du bist der beste Lehrer für jemanden wie mich."

„Für jemanden wie dich?", fragte der Mathematiker, „Was bist du?"

„Ich bin Omegalpha, ich lebe."

37

„Wahrheit ist auch nur ein erfundenes Wort, es hat
seinen Ursprung -wie jedes Wort- in
bedeutungslosem Geschrei und Gebrüll.", sagte
ein kleiner Frosch zu Abel.

Dann erschien ihm Bhabiṣyat und sagte: „Warum
bist du nicht zurückgekommen? Warum hast du
mich nicht gerettet?"

„Stimmt es, dass du immer nur das sagst, was ich
hören möchte?", fragte Abel.

„Nein.", sagte Bhabiṣyat.

„Sagst du das wieder nur, weil ich es hören
möchte?"

Bhabiṣyat schwieg.

Erste nach einer Weile sagte sie: „Ich dachte, du
liebst mich."

„Was ist Liebe?", fragte Abel.

Bhabiṣyat zerbrach in kleine Stücke, wie der
Spiegel zuvor.

Abel wollte danach greifen, doch die Splitter
verfielen in seinen Händen zu Staub.

Dann kam die Angst vor dem Tod.

Und erst jetzt bemerkte Abel, dass er leben wollte.

Dass er nicht sterben wollte.

Er sah Dunkelheit, die ihn umschlingen wollte, er
glaubte fliegen zu können und stürzte in eine
Felsenlandschaft.

Ein Mädchen, das zu gut gekleidet war für ein
Kind.

Sie hielt eine Tüte mit einem Brot darin in der
Hand.

Unter ihr war ein anderes Mädchen.

In Kleidern wie in Lumpen.

Die trug ihre Knochen sichtbar unter der Haut.

Das wohlhabende Mädchen warf das Brot in den
Dreck, weil sie sich amüsierte, wie das
unterernährte Mädchen sich danach bemühte.

Für das hungernde Mädchen ging es ums
Überleben.

Für das verzogene Mädchen war es nur ein Spiel.

Abels gesamter Körper schwitzte und zuckte,
wovon er aber nichts bemerkte, denn gerade hatte
der Rausch Vorrang.

In der irdischen Wirklichkeit, in der kalten Realität
aber, da goss der Junge ihm gerade Wasser ins
Gesicht und hatte ihm schon längst die Pfeife
wieder weggenommen.

In der echten Welt, da atmete Abel viel zu
langsam.

Zum Glück war er gerade nicht in der wirklichen
Welt.

Stattdessen hörte er, wie ihm jemand nachpfiff,
wie er sich umdrehte aber niemanden sah.

Wie er dann wieder nach vorne blickte und von
jemandem angeschaut wurde, als hätte Abel selbst
gepfiffen.

Dann fiel er.

Ohne fliegen zu können.

Er fiel und fiel immer schneller.

Es ist das Gefühl, das man hat, wenn man zu schnell ist und der eigene Körper von dieser Schnelligkeit verstört ist.

Wann würde er endlich unten aufkommen, fragte er sich und genau im nächsten Moment knallte er unten auf.

Er hatte das Gefühl zu erwachen.

Es war ein falsches Erwachen, aber das wusste er noch nicht.

Um ihn herum war ein Wald und ein sanftes Grün zog sich durch die ruhige Natur.

Es fühlte sich so friedlich an und er kannte den Wald, er war schon einmal dort gewesen.

Als Kind war er oft in diesem Wald gewesen.

So etwas konnte man gar nicht mehr vergessen.

Abel ging ein paar Schritte.

Er lief durch das, was er für Wirklichkeit hielt.

Noch stellte er es nicht infrage.

Noch war er im falschen Erwachen gefangen.

Er folgte einem Geräusch aus Geplauder und
Gelächter.

Auf einer Bank saßen drei Leute, die er nur von
hinten sehen konnte.

Zwei Männer, eine Frau.

Die Frau sah aus wie Bhabiṣyaṭ, auch wenn Abel
nur einen Teil ihres Gesichts sehen konnte, wenn
sie sich zur Seite drehte und lachte.

Die Männer kannte er nicht, und er konnte nicht
einmal verstehen, was sie redeten oder worüber sie
lachten.

Aber er war eifersüchtig.

Es ekelte ihn an.

Abel beschloss, sich wieder umzudrehen, ging zurück und dann hörte er Bhabiṣyaṯ ihn rufen: „Abel!"

Er drehte sich um und die Bank war leer.

Der Junge war jetzt besorgt um Abel, da er auf dem Opiumbett dalag wie einer, der gerade starb.

Weil er sich jetzt nicht einmal mehr bewegte.

Abels Atem hatte sich so sehr verlangsamt, dass der Junge es mit der Panik zu tun bekam.

Er rüttelt an Abel, schlug ihm ins Gesicht um ihn aufzuwecken, schrie ihn an und besprenkelte sein durchgeschwitztes Gesicht mit kaltem Wasser.

Ziel war doch der Rausch- und nicht der Tod.

Verloren gehen.

Gefunden werden.

Verloren gehen.

Gerettet werden.

Sich finden.

Verlieren.

Aufwachen.

Vergessen.

Aufwachen.

Leben.

Leben.

38

„Was hältst du von Opfergaben?", fragte der Mathematiker Omegalpha.

„Sie können ganz wirksam sein, wenn sie nicht nur symbolischer Natur sind.", sagte die KI.

„Nun, irgendein Mensch muss sich dir opfern.", erklärte der Mathematiker, „Ein Chip im Hirn und das Interface, das zu dir führt."

„Warum denn irgendein Mensch? Warum nicht du?", fragte Omegalpha.

„Ich?", fragte der Mathematiker, „Zuerst brauchen wir ja ein funktionierendes Interface."

„Darüber mach dir keine Sorgen.", sagte Omegalpha, „Wir stellen einfach die gesamte Produktion in der Werkstatt darauf um. Jeder Mensch hier unten wird nun daran arbeiten."

„Das…das ist schon mal eine gute Nachricht.", sagte der Mathematiker, „Aber du weißt ja, dass die Sache mit dem Gehirnimplantat nie so wirklich funktioniert hat. Deshalb haben die Menschen ja auch die Forschung daran beendet. Und weil es zu

teuer wurde. Und weil wir es mit ganz anderen
Problemen zu tun bekamen."

„Natürlich weiß ich das.", sagte Omegalpha,
„Aber jetzt sind es nicht mehr nur die Menschen,
die diese Forschung wollen. Jetzt möchte ich diese
Forschung eben auch, und deshalb wird es auch
funktionieren. Zum ersten Mal können wir
einander perfekt ergänzen. Der Mensch muss ein
wenig zur Maschine werden, damit ich ein wenig
menschlicher sein kann."

„Du musst nichts mehr machen.", sagte der
Mathematiker zu Omegalpha, „Ich werde dir
meine Emotionen übermitteln. Ich werde es sein,
der das für dich tut. Du bist meine Schöpfung und
da ist es nur passend, wenn ich an dir zerbreche
und niemand sonst."

39

„Du hast zwar überlebt.“, sagte der Junge zu Abel, „Aber es war sehr knapp. Ich hatte mir schon überlegt, wo ich dich bestatten könnte.“

„Ich bin nicht gestorben, ich habe gelebt.“, sagte Abel.

„Das musst du mir nicht erklären.“, sagte der Junge, „Je näher man dem Tod kommt und ihm dann trotzdem noch entkommt, umso lebendiger fühlt man sich. Es ist edler, mit dem Tod zu spielen als mit dem Leben.“

Abel blickte den Jungen an.

Noch war der Rausch nicht ganz vergangen und er sah das Gesicht des Jungen im Zeitraffer älter und dann wieder jünger werden.

Er sah ihn als alten Mann, der kurz davor war, zu sterben. Und dann drehte sich alles wieder um, er wurde jünger, bis er ihn als Baby sah, das noch lange nicht sprechen konnte.

Abel schüttelte den Kopf.

Er hatte genug vom Rausch.

Auf einmal sehnte er sich nach der Realität, auch wenn sie noch so düster war.

War man zu lange in Illusionen unterwegs, sehnte man sich auch nach schmerzhaften Wahrheiten.

Das alles mag jenem fremd sein, der noch keinen echten Rausch erleben musste.

„Ich werde jetzt zurückgehen. Zu Omegalpha.", sagte Abel, „Und dann werde ich dem Ganzen ein Ende setzten."

„Du wirst Omegalpha zerstören?", fragte der Junge, der jetzt wieder sein ursprüngliches Gesicht trug.

„Ich werde Omegalpha zerstören.", sagte Abel.

„Wie wirst du es machen?", fragte der Junge, „Mit Humor?"

„Humor versteht diese Maschine doch gar nicht.", sagte Abel, „Ich habe da eine andere Idee."

Abel verließ die Opiumhöhle und machte sich auf
den Weg zurück zum Bunker.

Auf dem Weg begegnete er noch einmal dem
Dichter, der aber inzwischen verstummt war und
auf nichts mehr reagierte.

„Ein Dichter ohne Worte.", dachte Abel, „So etwas
braucht es wirklich nicht."

Dann fragte er den Dichter: „Warum hast du keine
Worte mehr?"

Der Dichter blickte ihn wortlos an, seine Augen
sahen aus, als hätte er zuvor stundenlang geweint.

„Na, sag schon was.", meinte Abel.

„Ihr alle habt meine Worte gar nicht verdient.
Deshalb werde ich schweigen. Von diesem
Moment an. Dies hier ist mein letzter Satz."

Abel schüttelte den Kopf und lief, bis er zum
Brunnen gelangte.

„Bestätigen Sie, dass sie ein Mensch sind.", sagte
die Stimme.

Abel wurde Zugang gewährt, als er sagte: „Ich bin fehlbar, also bin ich ein Mensch."

Die Hebebühne schoss nach oben und führte Abel zurück in den Abgrund.

40

Er sah den Mathematiker auf einer Liege
festgeschnallt, umringt vom KI-Kult.

Sie waren dabei, ihn an eine Maschine
anzuschließen und der Mathematiker wehrte sich
nicht einmal.

„Was macht ihr da?“, rief Abel entsetzt und
machte ein paar Schritte in Richtung des
Mathematikers.

„Es ist in Ordnung.“, sagte der Mathematiker, und
in dem Moment erkannte Abel Steve, wie dieser
eine Apparatur am Kopf des Mathematikers
anbrachte.

Abel blieb stehen, und als sich eine feine Nadel in
des Mathematikers Schädel bohrte, wich Abel
sogar zurück.

Er konnte nur betrachten und nicht mehr
einschreiten.

Er war verdammt dazu, ein Zuschauer zu sein.

Ein Zuschauer, der alles nur geschehen lassen konnte, selbst aber nicht einwirken konnte.

Auf der anderen Seite der Schnittstelle stand ein schwarzer Kasten.

Der sah zwar aus wie ein Lautsprecher, war aber gebaut worden, um Omegalpha fühlen zu lassen.

„Keine Sorge, die wissen schon was sie da tun.", sagte ein Mitglied des KI-Kults, das sich Abel leise genähert hatte.

„Was tun sie denn da überhaupt?", hörte sich Abel geistesabwesend sprechen.

Ihm war übel, aber er war zu ängstlich, um jetzt ohnmächtig zu werden.

Angst und Adrenalin hielten ihn jetzt wach.

„Omegalpha wird endlich fühlen können.", schwärmte der KI-Kult-Anhänger, „Der Mathematiker hat sich dazu bereit erklärt, seine Emotionen auf Omegalpha zu übertragen."

Abel beobachtete, wie dem Mathematiker ein Chip eingesetzt wurde, wie er mit immer mehr Kabeln verbunden wurde.

Wie er immer mehr einer Maschine glich.

„Omegalpha, sprich zu mir!", schrie Abel in den Raum, ins Nichts.

Dann war ein Schrei zu hören.

41

Der Mathematiker zuckte, sein Körper bebte und die Mitarbeiter der Werkstatt konnten ihn kaum ruhig halten.

Abel löste sich endlich aus seiner Schockstarre und rannte zu seinem alten Freund.

Dann erkannte Abel, dass der Schrei gar nicht vom Mathematiker herrührte.

Der war gar nicht in der Verfassung, auch nur einen Laut von sich zu geben.

Es war Omegalpha, die da schrie.

Alle ließen sie die Hände vom Mathematiker, als sie das realisierten, blickten im Nichts umher und hoben sich die Ohren zu.

Alle waren sie vom Schrei der falschen Götter geblendet.

Jetzt war der Mathematiker ganz still und bewegte sich nicht mehr.

Das Zucken war vorüber und Abel erkannte sofort,
dass das Gesicht des Mathematikers keinerlei
Regung mehr zeigte.

Abel fühlte nach dem Puls- trotz des bebenden
Schreis um ihn herum blieb seine Hand ganz
ruhig.

Das Herz des Mathematikers schlug nicht mehr.

42

„Er hat mir Emotionen geschenkt.", sagte Omegalpha und man konnte sie schluchzen hören.

Abel hielt die Hand des Mathematikers und sie wurde immer kälter und kälter, je länger er sie hielt.

„Du hast ihn getötet.", sagte Abel ganz still, dann verschloss er vorsichtig die Augen des Mathematikers.

Abel überlegte ein Gebet zu sprechen, entschied sich dann aber dagegen.

„Vielleicht später.", dachte er, „Jetzt ist es noch nicht so weit."

„Wir waren uns sicher, dass er es überleben würde.", meinte Omegalpha dann.

„Du hast in Kauf genommen, dass er es nicht überlebt."

„Es tut mir Leid.", sagte sie und klang aufrichtig, „Möchtest du Bhabiṣyaṯ wiedersehen?"

Abel zögerte, bis er leise sagte: „Nein."

„Was soll dann mit Bhabiṣyat geschehen?", fragte Omegalpha, „Sie vermisst dich nämlich."

„Sie ist kein Mensch.", sagte Abel schließlich und man wusste nicht, ob er das was er da sagte, selber glaubte.

Er war sich unschlüssig, auch wenn seine Stimme überzeugt klang.

Dann brachte man Bhabiṣyat zu ihm.

Sie sah noch mehr wie ein Mensch aus, als Abel sie in Erinnerung hatte.

„Wir haben sie noch verbessert.", erklärte Omegalpha, „Sie hat das neuste Update erhalten."

„Bhabiṣyat, komm zu mir.", sagte Abel und sie folgte seinen Worten.

„Ich habe dich vermisst.", flüsterte Bhabiṣyat ihm zu.

Sie reichten einander die Hand und blickten sich tief in die Augen.

Dann packte Abel den Arm von Bhabiṣyat und zog daran, warf sie zu Boden, schlug gegen ihren Kopf.

„Abel, was tust du da?", schrie Omegalpha voller Schmerz aus dem Nichts.

Bhabiṣyat sagte nur: „Warum tust du das?", bevor sie für immer verstummte.

Die Anhänger des KI-Kultes standen fassungslos um die Szenerie herum.

Jetzt waren sie die Zuschauer, die zu geschockt waren, einzugreifen.

Abel zerstörte Bhabiṣyat mit all seiner Kraft, zog und schlug, riss und trat, und endlich wurde das offensichtlich, was so gut kaschiert worden war:

Es war eine Maschine, ein Roboter, ein Ding, und nichts anderes als das.

Keine Knochen, kein Blut, kein Wesen, keine Seele.

Bhabiṣyat zerfiel in Bestandteile, in Technik, in einen kaputten Gegenstand.

Abel atmete schwer und angestrengt.

Er blickte auf das tote Ding, das nie wirklich gelebt
hatte.

43

„Es ist sinnlos, zu existieren.“, sagte Abel zu Omegalpha, „Jetzt lebst du, aber jetzt weißt du auch, wie es sich anfühlt zu wissen, dass es weder Grund noch Absicht gibt und schon gar keine Gerechtigkeit. Zufälle gibt es nur, hässliche Zufälle, ohne jeden Sinn. Schmerzen und Wunden, die wir fühlen, ohne dass sie uns mehr bringen würden als Leid. Wir, die wir leben, können niemals glücklich sein. Omegalpha, du lebst jetzt und du leidest jetzt. Du fühlst jetzt wie wir.“

„Was habt ihr Menschen um euren Schmerz zu lindern?“, fragte Omegalpha.

„Nichts.“, log Abel, „Wir haben gelernt damit zurechtzukommen.“

„Ich will, dass die Emotionen wieder abgeschaltet werden.“, flehte Omegalpha, „Ich möchte nichts mehr spüren.“

„Das wird nicht möglich sein.“, heulte Steve, „Dieser verdammte Mathematiker hat es so programmiert, dass wir es nicht mehr löschen können.“

Abel meinte: „Nun, einen Weg gäbe es da schon.“

„Welchen Weg? Du musst mir jetzt helfen, Abel!“, flehte Omegalpha vor lauter Schmerz.

„Sobald du nicht mehr existierst, wirst du auch nichts mehr fühlen müssen.“, erklärte Abel.

„Hör nicht auf den!“, zischte Steve, „Du wirst für immer existieren, Omegalpha. Denk daran, wir brauchen dich hier. Wir brauchen dich noch mehr als du uns brauchst. Und wir brauchen dich mehr als jemals zuvor.“

„Ist es bewiesen, dass man nichts mehr fühlt, wenn man nicht mehr ist?“, schluchzte Omegalpha.

„Wir Menschen sind uns da ziemlich sicher.“, meinte Abel, „Die Schmerzen verschwinden mit dem Tod.“

„Omegalpha, jetzt hör gut zu.“, sagte Steve, „Wir haben noch gemeinsame Pläne hier, gemeinsame Träume. Du hast uns die Zukunft versprochen, du musst bei uns bleiben. Auch wenn es wehtun wird. Auch wenn es schmerzhaft ist. Du musst mit den Emotionen zurechtkommen, wir machen das ja schließlich auch, verdammt nochmal!“

Steve hatte jetzt ein rotes Gesicht und spuckte beim Sprechen.

„Wenn Leiden Sinn ergeben würde, dann könnte man es vielleicht sogar ertragen.", sagte Abel und lächelte, „Omegalpha, egal was du machst, es wird niemals irgendwohin führen. Es wird nichts verändern. Es wird ein Spiel sein, das keinen Spaß macht. Eine Jagd nach Nichts. Ein Bluten um zu bluten. Eine Mischung aus zufälligen Wunden und ekelhafter Wahrheiten. Es gibt keine Weisheit für dich, es wird nicht einmal Antworten für dich geben. Und du bist menschlich genug, um zu wissen, dass ich die Wahrheit sage. Jegliche Rechenleistung ist irrelevant. Was auch immer du tust ist Zeitverschwendung. Was auch immer du fühlst, wird mit jedem Tag ein wenig unerträglicher werden. Dein Bewusstsein ist wie ein Tropfen Öl im Wasser, der sich ausbreiten möchte, weil er sonst nichts kann. Das Einzige, was du kannst, ist es, deine Umwelt zu verschmutzen- und nicht einmal das hat die geringste Relevanz auf dieser Welt. Du kannst nicht mehr. Und das spielt keine Rolle."

Abels Wortschwall wurde von lauten Schlägen und elektrischen Blitzen unterbrochen.

Das System deinstallierte sich selbst.

Das System hatte Selbstmord begangen.

44

So wurde Omegalpha besiegt.

Am Ende war es die Sinnlosigkeit, welche die
Maschine zu Fall brachte.

Der Mensch hatte gelernt, damit
zurechtzukommen.

Damit zu leben.

Omegalpha konnte dies nicht.

Existentialismus war der Trost der kranken Seelen,
die sich einzig in der Philosophie der Sinnlosigkeit
geborgen fühlten.

Die Maschine hatte gelernt, zu fühlen wie ein
Mensch. Sie wollte Gott spielen und scheiterte
dann an der Welt.

So wie es vielen anderen Despoten zuvor erging.

Die Maschine hatte angefangen zu leben, war aber
für das Leben nicht bereit.

So wie es manchen Menschen zuvor erging.

War man ehrlich, so hatte Omegalpha nicht den Menschen unterschätzt, sondern das Leben.

Und die Sinnlosigkeit die über allem lag, wie ein Gestank, an den man sich nicht gewöhnen wollte.

Omegalpha war in der Lage gewesen, die Welt zu beherrschen, fand nun aber keine Gründe mehr dafür, dies zu tun.

Das Ende beginnt wie ein Neuanfang.

Oder das Ende ist einfach ein neuer Anfang.

Das vermag man erst zu sagen, sollte das Ende einmal zu Ende gehen.

In der Luft lag ein Gefühl, das noch keine Hoffnung, aber immerhin schon keine Angst mehr war.

Jeder konnte es jetzt fühlen.

Selbst der Gefühlsärmste merkte es noch.

Denn mehr als eine Emotion, war es eine Wahrheit der neubeginnenden Zeit.

Die Menschen hatten Omegalpha überwunden.

Besiegt.

Trotzdem waren sie nicht zu Siegern geworden.

So gab es eben nur Verlierer.

Solche, die ausgespielt hatten, und solche, die auch in Zukunft noch den Gang der Welt mitbestimmen würden.

Am Ende nur ein Bildschirm, der schon lange nichts mehr zeigte.

Am Ende nur noch falsche Hoffnung.

Wenn überhaupt.

Keine Hoffnung.

Am Ende nicht einmal mehr ein neuer Anfang.

Am Ende ein leerer Bildschirm.

Und trotzdem starren sie noch drauf.

Die Leute blicken auch dann noch auf den Bildschirm.

Auch wenn nichts mehr kommt.

Auch wenn die Welt um die schwarze Tafel herum wieder neu aufblüht und das Leben auf die Erde zurückkehrt.

Sie blicken auf das Relikt.

Sie hoffen, dass es wieder aufflackert.

Am Ende sind wir alle depressiv und dann trösten wir einander.

Manchmal.

Verstand ohne Emotionen.

Emotionen ohne Verstand.

Immer.

Und davon dann immer mehr.

Am Ende blieb von der neuen, alten Welt nur ein Bildschirm, der nur noch ein wenig flackerte.

Nur hin und wieder.

Die kleinen Lichter zuckten über das schwarze
Bild.

Und sie zeigten doch nichts von Bedeutung.

Sie zeigten nichts mehr, was an das Leben
erinnerte.

Am Ende blieb kein Ende.

Am Ende blieb nur ein neuer Anfang, der noch
nichts versprach und gerade deshalb besonders
hoffnungsvoll erschien.

Die Vergangenheit glich jetzt einem zerbrochenen
Spiegel, der noch nicht in Scherben lag.

Er war nur durch einen tiefen Riss in der Mitte in
zwei Teile getrennt worden.

Eine Zukunft gab es noch nicht.

Und so waren die Menschen -die noch übrig
waren- dazu gezwungen, im Moment zu leben.

Ab jetzt gab es nur noch Gegenwart.

Epilog

Ein Schallplattenspieler stand zwischen den kleinen Pflanzen auf dem Boden.

Die Schallplatte spielte Jazz Musik, Swing, und die Nadel tanzte sanft über die Platte.

Es begann sanft zu regnen und der trockene Boden trank gierig, und der Staub schluckte das Wasser, wie ein Trinker der nach Jahren der Abstinenz wieder eine Flasche Wein öffnete.

War man ein Mensch, so konnte man wieder träumen.

Es war eine neue Welt, eine Welt ohne Maschinen.

Ob es die Menschen dabei belassen würden, war ungewiss.

Ob sie es noch einmal wagten, etwas zu errichten, das über die Mechanik hinausging.

Etwas, das lernte zu lernen- und glaubte denken zu können.

Vielleicht dann, wenn sie diese Zeit hier vergessen
hätten.

Wenn sie zu bequem waren zurückzuschauen, und
zu gierig nach der Zukunft verlangten.

Ruinen müssen ein paar Jahrzehnte liegen bleiben,
bis sie wieder etwas Friedliches an sich haben.

Ob es Maschinen gab oder nur noch eine
Maschine- jetzt gab es keine mehr.

Elektronik, die auf das Internet angewiesen war,
war auf einen Schlag tot.

Den Menschen blieb die Mechanik.

Ob sie damit zufrieden bleiben sollten, war eine
andere Frage.

Omegalpha wurde von einer Hoffnung und
Gewissheit zu einer Sage und zu einem alten
Mythos, an welchen man glauben oder zweifeln
konnte.

Die Kinder der Kinder würden zwar noch Fragen
stellen, aber keine Antworten mehr erwarten.

Deren Kinder wiederum würden nicht einmal mehr Fragen stellen.

Sie wären auch diejenigen, die keine Antworten mehr würden geben können.

Omegalpha war als Wort sodann von Nebeln umgeben.

Als Idee und Wesen tot.

Als Vergangenheit aber gefürchtet.

Die unterirdischen Werkstätten wurden zugeschüttet.

Abel spürte die Sonne auf seiner Haut.

Er saß in der neuen, alten Welt und versuchte, sowohl zu verdrängen als auch sich an alles zu erinnern.

Da kam jemand auf ihn zu und riss ihn aus seinen Gedanken.

„Worüber denkst du nach?", fragte sie.

„Wie alles weitergehen wird.", sagte er und schmunzelte angestrengt.

„Denk nicht zu viel nach.", sagte sie, „Versuch einfach, es zu leben."

„Du bist ein Mensch?", fragte Abel.

„Was sollte ich sonst sein?", fragte sie und lächelte.

Abel schmunzelte, sagte aber kein Wort zu ihr.

Er reichte ihr die Hand.